KB045827

"유, 유키미야 시오리,
노래하겠습니다!"

CONTENTS

Is it tough being "a friend"?

USHI DATE
타테 야스시

림 베니오

친구 캐릭터는 어렵습니까?

Is it tough being "a friend"?

6

프롤로그

내가 출연 중인 '히노모리 류가의 이능 배틀 스토리'는 현재 전에 없을 만큼 혼란한 상태다.

'아니, 처음부터 그랬잖아'라고 할 수도 있겠지만, 그래도 지금까지는 어떻게든 형식을 유지해왔다.

제1부 혼돈편, 제2부 도철편에서 【마신】을 하나씩 처리했다.

중간에 낀 아오가사키 레이, 엘미라 매카트니의 개별 에피소드도 소화했다.

방심하면 금세 엉망진창이 되는 이야기 전개를 겨우겨우 다시 일으켜 여기까지 왔다.

그러나.

'제3부에 이르러 결국 혼란에 빠졌다. 이 이야기는 이제 내 손을 떠나 데굴데굴 언덕길을 굴러 내려가고 있다……. 주먹밥처럼.'

순리대로라면 이대로 제3부 궁기편에 돌입했어야 했다.

하지만 시리즈 구성에 문제가 생겼다.

성급하게도 마지막 【마신】 도올이 부활해서 이야기에 끼어든 것이다. 그것도 메인 캐릭터 중 한 명인 유키미야 시오리를 숙주로 삼아서.

그래도 여기까진 괜찮았다. 아니, 괜찮지 않지만 아직

손을 쓸 수 있을 것 같았다.

이렇게 된 거, 예정을 변경해서 제3부는 도올편으로……
할 생각이었지만 거기에 전학생이 하나 끼어들며 또다시
제동을 걸었다. 새로운 캐릭터 때문에 궁기의 존재감 역시
두드러지기 시작했다.

'설마 최종 보스가 동시에 나올 줄이야……. 예를 들자면
FC바르셀로나와 시합 중에 레알마드리드도 상대해야 하
는 상황인가.'

그중에서도 심각한 점은【마신】도올, 즉 톳코가 아주 개심
해버렸다는 점이었다. 덤으로 말도 못 하게 촌스럽다──.

심지어 '다른 이야기의 주인공'이라 생각한 수수께끼의
전학생·텐료인 아기토는【마신】궁기의 그릇이었다──.

게다가 유키미야의 집사인 세바스찬의 정체가 톳코의
심복인 장군 사도·루니에라는 것이 밝혀졌다. 한술 더
떠, 루니에는 궁기와 내통한 의혹까지 있다──.

그리고 이 모든 뒷사정에 그저 '주인공의 친구 캐릭터'일
뿐인 나·코바야시 이치로가 얽혀있다──.

요약하자면 궁기편과 도올편이 콜라보한 데다 유키미야
시오리의 개별 에피소드까지 얹은 형국이다. 가장 큰 고민
은 '코바야시 이치로'가 죄다 얽혀있다는 거지만.

'지난 이야기를 정리했을 뿐인데 머리가 아프군……. 만
약 내가 시청자라면 여기서 하차하겠어. 더 부담 없이 즐
길 수 있는 '일상 힐링물'을 볼 거라고.'

역으로 향하는 길을 걸으면서 나는 우울하게 하늘을 올려다보았다.

인도에는 나 말고 지나가는 사람이 없어 한눈을 팔아도 누구와 부딪칠 일은 없었다. 그럴 만도 한 게, 지금은 오전 10시……. 학교나 회사에 갈 시간이 한참 지난 때였다.

곧 2교시 수업이 시작될 무렵이다. 다들 열심히 공부하도록.

'그러고 보니 다음 주가 학교 축제였던가. 우리 반은 메이드 카페를 한다고 했지……. 도무지 학교 행사에 힘쓸 의욕이 안 나.'

그때 주머니에 넣어놨던 휴대전화가 진동했다. 꺼내서 보니 우리의 주인공 · 류가가 보낸 메시지가 와 있었다.

'이치로에게. 다 함께 시오리 집에 갔는데 아쉽게도 만나지 못했어. 시오리가 거부했어.'

어젯밤. 류가와 메인 캐릭터들이 공동묘지에서 톳코와 충돌했다.

궁기 부하인 '나락의 팔걸' 시마&사이힐 2대 장군이 유키미야를 습격한 게 발단이었다. 그 현장에 달려온 류가와 히로인은 톳코가 적인 줄 알고 공격했다.

그런 톳코를 지키기 위해 우리 집에서 더부살이하는 미온, 주리, 키키──'나락의 삼 공주'가 난입하면서 싸움은 삼파전이 되었고, 현장은 혼란에 빠졌다.

'류가 일행과 삼 공주의 거리가 모처럼 줄어들고 있었는

데……. 그래서 엘미라에게 뒷사정을 털어놓은 거고…….'

유키미야가 【마신】 도올의 그릇인 걸 안 류가 진영은 당연히 큰 충격에 휩싸였고, 다들 유키미야를 걱정했다.

그래서 다들 아침 일찍 나와 유키미야 저택을 찾아가기로 했다.

나처럼 학교를 뒷전으로 두고.

'어떻게든 만날 수 없겠느냐고 버텼는데…… 시오리에게 이런 메시지가 왔어.

〈자신에게 무슨 일이 일어났는지 압니다. 부디 도올은 저에게 맡겨주세요. 그녀는 당장 움직일 생각도 없는 모양이고, 대화의 여지도 있는 것 같으니까요.〉

라고.'

이렇게 될 줄 이미 예상했지만.

유키미야가 도올을 '절복'……. 즉 제어할 수 있을 때까지 저 '촌티 마신'은 되도록 이야기에 나오지 못하게 해야 할 것 같다──.

나는 어젯밤에 유키미야와 그렇게 방침을 정했다.

톳코의 출연은 아직 조정할 수 있지만, 궁기와 아기토는 이쪽 사정 따위 생각조차 안 할 테니까.

그렇다면 당장은 궁기에게 집중하자──가 내가 내린 결론이었다.

'자세한 이야기는 학교에서 만나면 하자. 이치로는 괜찮아? 배 아픈 건 나았어? 이치로 요새 배탈이 자주 나네.'

나는 '이제 괜찮아, 멀쩡해. 지금 등교 중'이라고 대답하고 휴대전화를 집어넣었다.

복통은 당연히 거짓부렁이다. 나는 오늘 아침 아기토와 만날 약속이 있었기에 류가에게 적당히 핑계를 댔을 뿐이다.

그렇다. 나는 조금 전까지 적 본거지에 있었다.

그리고 그곳에서 아기토, 아니 궁기와 '이 이야기의 전망에 대한' 토론을 벌였다.

한낱 친구 캐릭터가 할 일이 아니지만, 상대방이 불러낸 이상 어쩔 수 없었다. 나는 이 이야기에서 '스토리 플래너'도 하고 있으니까.

'결국, 협상은 결렬되었지만……. 그러고 보니 합체 사도 같은 괴물 얘기는 꺼내지도 못했잖아…….'

지금까지 두 번 나타났고 두 번 모두 격파한 수수께끼 괴물. 틀림없이 궁기의 짓이라고 생각하지만, 아직은 아무런 증거도 없다.

'만약 궁기와는 관계없는 새로운 적이라면 어쩐다……. 더는 못해. 이야기라는 이름의 주먹밥은 가차 없이 나락으로 데구루루 떨어질 거라고.'

특대 한숨을 쉬고 다시 하늘을 올려다보면서.

나는 조금 전 나눈【마신】궁기와의 대화를 떠올렸다——.

제1장 문화적 휴전 협정

1

나는 불과 10분쯤 전까지 텐료인 아기토의 자택이자 궁기의 아지트는 고급맨션 최상층에 있었다.

정면이 통유리로 된, 그야말로 사장실 같은 큰 방이었다. 15층이다 보니 전망도 끝내줬다. 여기서 지상을 내려다봤다면 사람이 쓰레기처럼 보이는구나 하는 감상을 품었을 거다.

"여, 코바야시 소년. 통화 이후로 처음 보는군. 어젯밤은 즐거웠어? 히노모리 류가와 톳코의 만남을 내가 세팅해봤는데."

책상을 맞은편에 앉은 아기토가 그런 말을 했다. 그러나 그 목소리는 아기토의 소리가 아니었다.

이 목소리의 주인은 아기토에게 깃든 【마신】……. 나를 초대한 장본인 · 궁기다.

"즐거울 리가 있냐. 쓸데없는 짓을 하다니……. 나한테는 내 계획이 있다고."

나는 짜증 내며 커피잔을 들었다.

예상과 달리 커피는 맛있는 편이었다. 조금 전 나간 짙은 화장에 난폭한 여자가 탄 것 치고는 제법이었다.

참고로 그 녀석은 만장(蔓帳) · 시마. 아기토의 밴드에서 기타를 담당한다는 치타형 장군 사도다. 시마 역시 이 맨션의 주민이다.

"아하하. 내 계획도 조금은 반영해달라고. 함께 이야기를 흥미진진하게 만들면 좋잖아?"

말이 많은 궁기와는 달리 아기토 본인은 무표정하게 고개를 숙이고 있다. 잘 보니 책에 심취해 있었다. 【마신】의 그릇인 주제에 어쩜 이리 의욕이 없을까.

그런 숙주를 개의치 않고 궁기는 어린애처럼 새된 목소리로 떠들었다.

"이걸로 히노모리 진영과 삼 공주도 정식으로 적대 관계로 돌아왔네. 공동묘지에서 한 사람쯤 쓰러졌으면 좋았을 텐데."

"그 말은 역시 네가 삼 공주를 부추겼다는 얘기군? 뭐, 그건가? 우리 전력을 깎으려는 심산인가?"

"응. 뭐, 사실 이간 공작이 성공한 것만으로도 충분하지만. 아이디어를 낸 사람은 내가 아니라 루니에고."

네 이놈 세바스찬, 역시 네가 낸 책략인가. 톳코의 부하이면서! 유키미야의 집사이면서! 완벽한 반역이잖아!

하지만 류가 진영과 삼 공주의 다툼은 엘미라가 다리 역할을 해줄 것이다. 그걸 굳이 적에게 알려줄 생각은 물론 없다.

"이봐 궁기. 네가 톳코의 부활을 안 것도 루니에의 밀고

인가?"

"그렇지. 전에 한번 자동차를 모는 루니에를 봤어. 그 뒤로 쭉 사이힐에게 찾으라고 시켰지. 루니에는 옛날부터 톳코의 대리인이었으니까. 톳코가 부활했다기에 동맹을 제안했어. 너희의 '텟짱&톤짱 동맹'에 대항해서 말이지."

왕거미 집사는 그 제의에 응했다는 말인가?

어렵사리 유키미야와 톳코가 우호적인 관계를 쌓을 뻔했는데……. 교환일기까지 시작하려고 했는데……. 어처구니없는 실수도 가지가지다.

"뜻밖이었지만 루니에는 싱거울 만큼 선뜻 제안을 받아들였어. 인간계를 멸망시킨 날에 세계의 절반을 톳코에게 주는 것으로 타협했지."

최종 보스의 제안은 틀림없는 배신의 플래그인데……. 한때 나는 게임에서 같은 제안을 받고 '네'를 선택했다가 처참한 꼴을 당한 적이 있다.

"솔직히 동맹 없이도 이길 자신은 있지만, 루니에를 이쪽으로 끌어들이면 여러모로 거저먹을 수가 있거든."

"거저먹다니 뭘."

"안 말해주~지."

"짜증 나는 놈. 너한테는 팬도 안 생길 거다."

끝까지 종잡을 수 없는 【쇼타 마신】에게 나는 약간 짜증이 났다.

나는 이 녀석과 도통 안 맞는다. 이 꼬맹이는 '기회가 있으면 때려주고 싶은 놈 랭킹' 제2위다. 참고로 1위는 쿠로가메다.

그런 와중에도 아키토는 우리를 무시하고 여전히 묵묵히 책을 읽고 있었다.

너는 우리한테 관심을 보여봐라, 좀! 앞으로 어쩔지 중대한 이야기를 하고 있잖아!

"너무하네 코바야시 소년. 나는 아마 네 기대를 넘어서는 최고의 보스가 될걸? 이 이야기를 최대한으로 재미있게 만들【마신】은 나밖에 없다는 거 알잖아?"

"즉 최후의 순간에는 주인공의 손에 쓰러지겠다는 소리겠군? 최종 보스의 존재 의의는 그런 거니까."

"글쎄? 주인공이 질 수도 있지 않나? 배드엔딩이란 거 알잖아? 아, 물론 내가 말하는 주인공은——너야."

궁기는 날 도발하기 시작했다.

……일전에도 이 녀석은 나에게 조역에 머물기는 어렵다든가, 슬슬 류가에게서 주인공 자리를 빼앗으라든가 하는 망언을 했다.

나와 마찬가지로 이 세계를 '이야기'라고 파악한 것이다. 그리고 제멋대로 독자의 이야기 전개를 구상하는 듯하다.

좋은 기회다. 이참에 딱 부러지게 말해두자.

"이 이야기 주인공은 히노모리 류가야. 나는 절대로 표면에 나설 생각은 없어."

"이것 봐 코바야시 소년. 너, 이대로 '친구 캐릭터'일 수 있다고 진심으로 생각하는 거야? 너는 아무리 봐도 이 배틀 스토리의 주인공이야. 히노모리 류가보다 훨씬."

"그, 그건 백스테이지를 봐서 그래 보일 뿐이지. 본편만 보면 주인공은 분명히 류가라고……."

"그 몸에 【마신】이 둘이나 깃들고, '나락의 삼 공주'와 함께 살며, 심지어 장군급을 뛰어넘는 잠재력을 가진 아기 사도의 의부……. 본편을 보더라도 너는 완벽하게 이야기의 중심에 있잖아."

"내가 신경 쓰는 부분을 지적하지 마! 좀 에둘러서 말해!"

무심코 언성을 높인 나를 보고 【쇼타 마신】이 깔깔 웃었다.

"나는 이 이야기의 메인을 '코바야시 이치로와 텐료인 아기토의 전투'로 만들고 싶어."

"뭐, 뭐라고?!"

"생각해봐 그렇잖아? 이 이야기는 명백히 코바야시 소년과 아기토가 최강 캐릭터이잖아? 서로 【마신】을, 이형의 존재를 거느린 대전쟁……. 재미있을 것 같지 않아?"

"류가는 어쩔 거야!"

"걔는 안 돼. 여자애잖아. 딱잘라 말해서 주인공 그릇이 아니야."

그 한마디를 들은 순간 온몸의 혈액이 끓어오르는 듯한 분노가 치솟았다.

"류가를 쓸려면…… 그래, 고작해야 너와 아기토의 전투 경품 정도밖에——."

쿵!

궁기가 말을 마치기도 전에 나는 눈앞의 테이블을 주먹으로 내려쳐 박살을 냈다.

아기토가 그제야 말없이 고개를 들어 나를 쳐다봤다. 나는 그와 그 안의 【마신】까지 함께 노려보며 살기를 담아 말했다.

"까불지 마라. 피라미가."

진정 내 입에서 나온 게 맞나 싶은 목소리에 나는 스스로 놀라 정신을 차렸다.

……안 된다. 류가를 깎아내리는 소리를 듣고 그만 폭발할 뻔했다. 친구 캐릭터 주제에 살기를 뿜고 말았다. 엄청 멋진 대사를 내뱉고 말았다.

"놀랍군. 그게 네 진정한 모습인가, 코바야시."

"맨손으로 테이블을 쪼개다니 대단한데? 대리석이 무색할 정도야."

감탄하는 아기토와 궁기에게 나는 크게 당황했다. 곧바로 목과 양손을 휙휙 휘젓고 일단 혀를 빼꼼하며 시치미 떼는 표정을 지었다.

"노, 농담이야 농담! 그냥 말해봤을 뿐이야. 뭐야~ 아기토, 진심인 줄 알았어?"

"농담이고 뭐고, 80만 엔짜리 테이블을 한 방에 가루로 만들었잖아."

"부탁이야! 스티로폼이었던 걸로 해줘! 10년 할부로 갚

을게!"

"그럴 필요 없어, 어차피 푼돈이니. 그보다 조금 전 보인 네 본성——."

"앗 미안, 기도의 시간이야! 가슴슴! 가슴슴!"

아기토의 추궁을 피하려고 나는 가슴의 신께 춤을 바쳤다.

일사불란하게 춤추는 나를 보고 아키토가 미간을 짚었다. 궁기도 어이없다는 투로 말했다.

"이제 와서 얼버무리려 해도 늦은 거 같은데……. 아니, 그보다 그런 춤으로 얼버무릴 셈이야?"

"시끄러워! 아까 건 무효야! 테이블을 부순 건 가슴신의 가호다!"

"무슨 가호든 대리석을 부쉈다는 얘기잖아."

"크윽…… 가슴슴!"

"그만 됐어. 알았다."

상대를 못 하겠다는 듯이 궁기는 도로 대화로 돌아갔다.

간신히 얼버무린 것 같다. 이걸로 내가 '주인공의 그릇'이 아니라는 사실을 조금이라도 이해했다면 다행이다만…….

"그럼 코바야시 소년. 슬슬 오늘의 본론으로 들어갈까. 오늘 널 부른 이유는 '제안'을 하나 할까 해서다."

"제안이라고?"

그건 뭐야. 결투 날짜 통고인가? 톳코에게서 손을 떼라는 요청인가? 아니면 나에게 세계의 3분의 1을 주겠다는 감언인가?

어쨌거나 이 녀석의 제안에 응할 마음은 없다. 류가를 우습게 본 놈 따위.

"갑작스럽지만, 일주일쯤 휴전하지 않을래?"

"……응?"

생각지도 못한 온건한 제안에 나는 무심코 순진한 반응을 보이고 말았다.

짧은 정적 속, 천장에서는 여전히 거대한 팬이 천천히 돌고 있다. 그 물체와 마찬가지로 의미 불명의 제안이었다.

"일주일간 휴전?"

"응. 아기토가 휴전하고 싶다고 고집을 부려서 말이지. 가끔은 충실한 마리오네트의 부탁도 들어줘야지."

"상관없다만, 휴전에 무슨 의미가 있지?"

진의를 물으려고 했을 때 갑자기 궁기가 "후아암~" 하고 하품을 했다.

"갑자기 졸리네. 그럼 나는 이만."

"이봐 잠깐만! 제대로 설명하고 가! 나는 손님이라고!"

"너도 알지? 【마신】도 하루 절반 이상은 숙주 안에서 잠을 자."

그러고 보니 그런 설정이 있던 것도 같다.

이 상황에서 도철과 혼돈이 일어나지 않는 이유도 아마도 잠들었기 때문이겠지. 안 그래도 그놈들은 새벽까지 둘이서 대전게임을 했으니까.

"어쨌든 일단 휴전이다. 주인공 변경 건도 생각해줘. 그럼 또 보자, 코바야시 소년──.”

일방적으로 떠들고는 궁기는 그 뒤 잠들어버렸다.

아무리 불러도 아기토의 어깨를 흔들어도 아기토의 이마에 꿀밤을 딱딱 먹여도 아기토의 목을 졸라도 도통 응답이 없었다.

“코바야시. 역시 테이블을 변상해라.”

“……좀 봐주세요. 둘 다【마신】의 그릇인 것도 인연인데.”

그렇게 나는 도망치듯이 아기토의 맨션을 나왔다.

약 150명의 사도가 산다는 ‘메종나락’에서.

2

──그러한 내용이【마신】궁기와 있었던 전모다.

놈이 어째서 일주일이라는 어중간하게 짧은 휴전을 제안했는지 모르겠다. 그래도 ‘그동안은 궁기가 움직이지 않는다’고 생각하면 한편으론 기회이기도 했다.

‘나도 이후 대책을 짜야 하니까 말이지.’

가장 먼저 엘미라에게 협력받아 ‘톳코’나 ‘삼 공주’와 주인공 진영의 사이를 중재해야 한다.

동시에 루니에를 찾아내 독단으로 궁기에게 접촉한 이유를 따져야 한다……. 그런 생각에 잠겼을 때였다.

느닷없이 등 뒤에서 누군가 맹렬한 속도로 다가오는 기척을 감지했다.

"!"

곧이어 공기를 가르는 소리가 들려왔다. 습격자가 발차기를 날린 것이다.

'아기토?!'

상대의 정체를 깨달은 나는 그 일격을 굳이 엉덩이로 받아냈다. 엄청난 충격이 엉덩이에 작렬하며 나는 그대로 앞을 향해 고꾸라졌다.

"크와아아아――!"

비명을 지르며 화려하게 데굴데굴 구르는 나. 땅바닥을 튕기며 전봇대에 부딪쳐 그대로 옆에 있던 편의점으로 데굴데굴 굴러 들어갔다.

그리고 몇 초 뒤 캔커피 2캔을 사서 아무렇지 않게 가게를 나왔다.

"아, 영수증은 됐습니다…… 뭐 하는 짓이야 아기토! 쓸데없는 돈을 쓰게 만들다니!"

내 호통에 아기토는 눈에 띄게 당황했다. 잠자코 기다려준 점은 인정하지만 기습으로 먹인 돌려차기는 인정할 수 없다.

"또 엉뚱한 리액션을…… 그렇게 세게 차지는 않았잖아."

"웃기지 마! 항문이 파열되는 줄 알았다고! 이걸로 테이블 건은 없던 일로 하겠어!"

새삼 채무를 회피하려는 나에게 "그 이야기는 이제 됐다고 했잖아"라며 짜증 섞인 대답이 돌아왔다.

잘 보니 책가방을 들고 있었다. 교복은 여전히 전에 다니던 하쿠보기주쿠고등학교 교복이다. 이런 새하얀 교복을 입으면 카레우동을 먹기도 힘들 것이다.

"코바야시. 어째서 피하지 않았지? 내가 다가오고 있는 걸 알아챘을 텐데? 얼마든지 대처할 수 있지 않았나."

맞는 말이었지만 그게 내 최고의 대처법이었다.

일개 친구 캐릭터가 회피나 방어를 한다니, 언어도단. 공격이 날아오면 당하는 수밖에 없다.

하지만 그렇다고 다치고 싶지도 않았다. 그래서 그나마 충격을 덜 받는 부위로 공격을 받아냈다. 그리고 마지막 위트까지 넣어 개그로 승화했다.

이것이 코바야시 이치로라는 남자—— 기억해둬라 텐료인 아기토. 그리고 조금이라도 웃어. 내가 받아줬으니까 너도 받아야지. 피식 정도는 하라고.

"아기토, 볼일이 더 남았냐? 말해두지만 나는 이제 너랑 엮일 생각이 없어. 궁기의 그릇인 이상 너는 이야기의 핵심 인물이니까."

캔커피 하나를 아기토에게 휙 던지고 나는 그대로 다시 학교를 향했다.

그런데 성가시게도 아기토가 내 옆으로 나란히 따라왔다. 지금까지는 내가 따라다니는 처지였는데…… 입장이 역전됐다.

"야, 따라오지 마."

"어차피 학교에 가는 길이잖나? 나도다. 같은 학교 같은 반이니까 함께 가도 이상하지는 않겠지."

"나는 친구 캐릭터라고? 최종 보스와 한패인 녀석과 사이좋게 등교를 어떻게 하냐. 아까도 말했지만 나는 앞에 나설 마음이 없어."

"걱정 마. 궁기는 지금 내 안에서 자고 있다. 여기에 있는 사람은 그저 오메이 고등학교 학생 두 사람……. 네 표현을 빌리자면 '이야기의 백스테이지'다."

상당히 궁색한 핑계 같지만 마침 잘됐다.

나도 이 녀석에게는 묻고 싶은 게 있었다. 지금이 백스테이지라면 나도 이 기회를 살려야겠다. 대외비로.

"아기토. 너…… 궁기를 '절복'했지?"

이전부터 그 점이 신경 쓰였다.

이 녀석은 유키미야와 달리 【마신】을 지배하에 두었다.

보통, 【마신】의 그릇이 된 인간의 정신과 육체는 마신에게 주도권을 빼앗긴다. 【마신】이 모습을 드러내면 트랜스 상태처럼 되며 그동안의 기억은 남지 않는다.

그러나 조금 전 아기토는 궁기가 나타났을 때도 태연히 책을 읽고 있었다. 대화에도 끼었다.

'즉, 이 녀석은 나와 마찬가지로 【마신】을 제어할 수 있어.'

아마도 궁기는 마음만 먹으면 모습을 드러낼 수도 있었을 것이다. 우리 집 도철이나 혼돈처럼.

"너는 【마신】을 지배할 수 있을 거야. 하지만 궁기 녀석은 너를 '충실한 마리오네트'라고 했지. 어째서 궁기가 시키는 대로 하는 거냐?"

"보고 싶으니까—— 인류의 끝을."

아키토는 캔커피를 한 모금 마신 뒤 늘 그렇듯 딱딱한 말투로 그렇게 대답했다.

"그 광경을 봤을 때, 나는 비로소 최고의 곡을 쓸 수 있을 거다."

"고, 곡이라고? 너, 그런 이유로 인류를 멸망시키려는 거야?"

"예술을 이해하지 못하는 네가 알 리 없지. 인류를 바친 진혼가를 연주하는 것이야말로 나의 궁극의 꿈……. 궁기가 그것을 이루어준다면 흔쾌히 그의 도구가 되겠어."

이 녀석, 파멸을 꿈꾸고 있었던 건가.

적 캐릭터치고는 꽤 낡은 설정이지만 나는 환영이다. 악역은 이만큼 단순해야 아이들이 이해하기 쉽다.

"좋다 아키토. 그 동기는 '이야기'에 채용해주지. 그러고 반에서도 늘 혼자이던데, 일부러 포지션을 만들려고 그러는 건가?"

"나는 너와 달리 역할 꾸미기 따위엔 관심 없다. 오로지 인류의 멸망을 진심으로 바랄 뿐이었지. ……하지만 지금은 조금 다르다. 히노모리 류가라는 소녀 때문에."

"류, 류가?"

왜 거기서 류가의 이름이 나와? 류가 주위를 계속 돌던 건 작전이 아니었나? 주인공의 역량을 확인하기 위해서가 아니었어?

"코바야시, 너는 착각하고 있다. 히노모리를 사랑하는 내 마음은 진심이다. 일부러 오메이 고등학교로 전학 온 이유도 그 때문이지."

설마 진심이었다니!

이상하리만큼 류가에게 적극적이다 싶더니! 류가의 성별에 집착하는가 싶더니! 진짜로 반했던 건가!

'류가 때문에 전학까지 했다니…… 잘생겼는데 스토커 기질이 있는 남자로군…….'

어떻게 반응해야 할지 난처해하는 나를 무시하고 아기토가 다시 커피를 마셨다.

생각해보면 이미 맨션에서 커피를 마시고 나왔다. 녹차나 홍차를 사야 했나. 너무 눈치가 없었군.

"궁기는 전학을 끝까지 반대했다. 궁기는 이야기에서 히노모리는 별로 중요하지 않다고 생각하니까. 되도록 나와 그녀가 엮이지 않았으면 했겠지."

그 【마신】, 끝까지 류가를 주인공이라고 인정하지 않을 작정인가.

이 이야기의 메인을 나와 아기토의 전투로 바꿔놓을 생각인가보다.

'정말 나와는 안 맞는 놈이야. 변변찮은 플롯이나 짜고 말이지…….'

놈의 시나리오 따위, 졸작도 그런 졸작이 없다. 스펙터 클맨을 방치하고 괴수끼리 붙는 거나 다름없다. 그걸 기뻐할 사람은 우리 집 바가지머리 소녀뿐이다.

　"나는 궁기가 그리는 '이야기'에 별 흥미 없어. 그러나 단하나—— 히노모리를 전투 무대에서 하차시키는 것만은 찬성이다."

　"웃기지 마. 가장 중요한 부분이잖아."

　노골적으로 불만인 표정을 지은 나를 아기토는 차가운 눈빛으로 바라봤다.

　도저히 반 친구를 바라보는 시선이라 생각할 수 없는 경멸의 눈빛이었다. 이 녀석은 류가 일일 때만 감정을 고스란히 드러낸다. 인간미를 엿볼 수 있다.

　"코바야시. 너는 여자인 히노모리에게 가혹한 전투를 들이미는데 아무런 양심의 가책이 없나?"

　"어……."

　"나는 네가 왜 그렇게 '친구 캐릭터'를 고집하는지 모른다. 알고 싶지도 않고. 다만 너는 강력한 힘을 가졌으면서 욕심에 휘둘려 히노모리가 다치도록 내버려 두고 있다. 가련한 소녀를 일부러 위험에 던져넣고 있다."

　"그, 그건."

　"나는 단언한다. 그런 너에게—— 히노모리 류가 옆에 있을 자격은 없다."

　……나는 아무 말도 할 수 없었다.

아키토의 말이 틀리지 않았기 때문이다.

나는 지금까지 온갖 전투 장면에서 활약을 거부했다. 류가가 도착하기를 기다리며 일부러 그녀를 싸움에 밀어 넣었다.

때로 그녀가 다치더라도 마음 아파하면서 응원을 보낼 뿐이었다. 아니, 류가가 치유 능력이 있다는 걸 변명 삼았다.

'류가도 좋아서 싸우는 건 아니겠지. 원래 아주 여성스러운 성격이니까. 히노모리 가문의 숙명 따위가 아니었다면 평범한 여고생의 생활을 즐겼을 거야……. 붕대 따위 없이 E컵으로 지냈겠지.'

하지만 나는 류가가 남자이길 바랄 뿐이었다. '세미 남친'이라는 포지션이 되고서도 신사에 가서 그녀에게 '그것'이 생기게 해달라고 소원을 빌었다.

'이런 나는 정말로…… 히노모리 류가의 '친구'일까?'

석상처럼 굳어버린 나를 향해 아기토는 계속해서 말을 퍼부었다.

"나는 너와는 달라. 히노모리를 여성으로 사랑하기에 '친구 캐릭터'가 아닌 '연인 캐릭터'가 되고 싶다. 일주일 휴전 요청도 그 때문이다."

그러고 보니 휴전을 바란 게 아키토였지.

아키토에게 완전히 꺾였다만, 그래도 휴전의 의도를 확인해야만 한다. 자기 혐오에 빠져 있을 때가 아니다. 그건 나중에 해도 된다.

"네가 휴전 이야기를 꺼낸 게 류가 때문이라고?"

"그렇다. 너도 어렴풋이 알아차렸겠지…… 오메이 고교는 곧 축제다."

"알아차리기는 뭘 알아차려!"

어느새 나는 딴지를 걸고 있었다. 그런 심경이 아니었지만 그래도 딴지를 걸 수밖에 없었다.

"왜 학교 행사를 우선하는 거야! 인류의 멸망을 바란다는 녀석이!"

"듣자 하니 우리 2학년 B반은 메이드 카페를 한다더군. 히노모리가 메이드를 한다는 이야기가 나왔다고 한다."

그러고 보니 그런 이야기가 있었던 것도 같다. 반 애들이 "반드시 히노모리를 여장시키고 싶다"며 흥분했던 것도 같다.

그걸 여장이라고 해야 할지는 모르겠지만…… 이해는 간다. 학교에서 보는 류가는 중성적인 미소년이니까.

"어째서 내가 이렇게까지 축제에 집착하는가? 너도 어렴풋이 알아차렸겠지…… 그렇다! 메이드 차림의 히노모리를 만끽하고 싶기 때문이다!"

"그게 이유였냐!"

터무니없는 대사와는 달리 아기토는 쿨한 표정이었다.

다만, 그의 눈동자가 소년처럼 반짝반짝 빛나고 있었다. 이 녀석은 류가 얘기만 나오면 그때만은 감정을 고스란히 드러낸다. 쓸데없이 인간미를 흘린다.

"메이드 히노모리를 보기 위해서라면 나는 악의 편에라도 서겠어."

"지금은 아닌 것처럼 말하지 마! 애초에 악의 편이잖아!"

"머리띠에 프릴 앞치마, 니삭스를 신은 히노모리…….그런 그녀가 '어서 오세요, 주인님'이라고 말하는 거다! 상상만 해도 허리를 펴고 다닐 수가 없게 된다 이 말이다!"

"그런 추잡한 표현은 그만둬! 네 캐릭터가 붕괴하고 있다고!"

"만약 고양이귀까지 단다면, 과연 이성을 지킬 수 있을지……."

"야! 말하면서 구부정한 자세 하지 마! 부탁이니까 딴지 걸 소리 좀 하지 마! 안 그래도 이 이야기에는 멍청이가 넘친단 말이야!"

눈물을 글썽이며 애원하자 이내 아기토는 자세를 바로 했다. 간신히 성난 물건이 진정한 모양이다. ……역시 무시하고 냉큼 역으로 갈 걸 그랬다.

"아무튼 이토록 나는 히노모리에게 진심이다. 그녀의 메시지 주소를 얻은 뒤로는 날마다 메시지로 구애하고 있다. '너를 사랑해. 나와 함께 가자'라고."

아직도 그런 짓을 하는 건가. 한번 대차게 고백해서 대차게 차인 주제에.

"코바야시, 신경 쓰이나? 나와 히노모리가 어떤 메시지를 주고받는지."

"벼, 별로 신경 쓰이지 않아."

"오기 부리지 마라. 이를테면 지난날 나는 이런 글을 보냈다. '내가 여자의 기쁨을 알려주마. 네 가슴이라면 한나절은 주무를 수 있어'라고."

"주인공을 성희롱하지 마!"

"무척이나 기뻤던 모양이지. 곧바로 답장이 왔다. '쥐어팬다!'라고."

"엄청 화났잖아!"

나는 내심 류가의 대답을 듣고 조금 안심했다. 류가가 설레기라도 했으면 어떡하나 했다.

"어제는 '더 이상 메시지 보내지 마'라며 의미심장한 답장이 왔다."

"어디가 의미심장해! 완전 직구잖아!"

"오늘 아침에는 메시지를 보냈더니 에러가 나서 되돌아왔다."

"착신 거부당했잖아!"

"분명히 부끄러워하면서 볼을 벚꽃색으로 물들이며 거부 설정을 눌렀겠지. 귀여운 여자다."

"제길! 네놈은 뭐가 그렇게 당당해! 그리고 다시 말하는데 류가는 남자야!"

나는 딴지를 걸면서 나는 아기토와 함께 역으로 향했다.

이 녀석이 이상해진 거…… 나랑 엮였기 때문은 아니지?

그로부터 약 30분 뒤.

나는 전철을 타고 동네로 돌아와 무거운 발걸음을 끌며 간신히 학교에 도착했다.

타이밍 좋게 3교시 전 쉬는 시간이라 교실 여기저기에서 반 애들이 떠들고 있었다.

나를 보고도 아무 반응이 없는 이유는 보건교사·헤비즈카 선생님, 그러니까 주리가 모두에게 암시를 걸었기 때문이다. 다들 내가 아침부터 학교에 있었다고 착각하고 있다.

"이치로, 늦었네."

내 자리에 가방을 두었을 때 날씬한 한 소년이 나에게 다가왔다.

지나칠 정도로 잘생긴 얼굴에 뒷머리를 검은 줄로 묶은 미소년……. 말할 것도 없이 히노모리 류가였다.

"여, 류가. 아침에 같이 유키미야네에 가지 못해서 미안해."

"아팠으니까 어쩔 수 없지. 오히려 괜찮아 보여서 안심이야. 그건 그렇고……."

류가가 갑자기 얼굴을 찌푸리고 복도 쪽 제일 끝자리로 시선을 옮겼다.

아니나 다를까 자리에 앉아 있는 텐료인 아기토였다. 뭐, 그야 신경 쓰이겠지……. 저 자식이랑 같이 등교했으니.

"어쩌다 텐료인 같은 애랑 같이 온 거야? 저런 애랑 사이좋게 지내지 마."

"우, 우연히 교문에서 만났을 뿐이야. 같이 온 게 아니라고."

"저 자식 어마어마한 변태야! 그야말로 탈(脫)고교급이라고!"

그녀답지 않게 신랄한 반응이었다. 알고있어, 류가. 네가 날마다 성희롱 메시지의 피해를 보고 있다는 걸.

그때 류가의 시선을 깨달은 아기토가 류가에게 검지랑 중지를 세워 손가락 인사를 날렸다.

그러자 류가는 혀를 내밀어 "메―롱" 하고는 나를 끌고 창가로 자리를 옮겼다. 그런 거 하지 마. 엄청 여자애 같으니까.

'역시 뿌리는 여자애야…….'

――너는 여자인 히노모리에게 가혹한 전투를 들이미는데 아무런 양심의 가책이 없나?――

아기토의 말이 떠올라 나는 다시 침울해졌다. 류가를 향한 양심의 가책이 마음속에서 점점 더 커졌다.

그런 나의 죄책감 따위, 알 리 없는 류가는 벽에 기대 팔짱을 꼈다. 그리고는 다른 사람이 듣지 못하게 목소리를 낮추고 진지한 얼굴로 말했다.

"그래서 이치로, 시오리 얘기 말인데……. 어떻게 생각해?"

"【마신】 도올 말이야?"

"응. 시오리는 '일단 자신에게 맡겨 달라'고 했지만…….
너무 위험해. 아무리 그래도 상대는 【마신】이니까."

그녀의 배려는 지당하다. 듣자 하니 유키미야를 걱정한 나머지 어젯밤에 거의 자지 못했다고 한다. 아오가사키, 쿠로가메도 마찬가지였다.

메인 캐릭터들의 의식은 궁기를 제쳐놓고 완전히 톳코에게 쏠려 있었다. 진짜 신경 써야 할 건 【촌티 마신】이 아니라 【쇼타 마신】이건만.

'어떻게든 관심을 궁기로 옮길 방법이 없을까……. 그렇게 류가를 유도하는 것도 역시 내 이기심일까…….'

고뇌에 빠진 나를 내버려 두고 갑자기 류가가 한탄스러운 듯 투덜거렸다.

"하아, 시오리는 큰일이 났는데 엘은 잘도 태평하게 자는구나……."

류가를 따라 엘미라를 보니 그녀는 평소와 다름없이 책상에 엎드려 쿨쿨 자고 있다. "쿠우~ 퓨우~." 잠자는 소리가 여기까지 들렸다.

"삼 공주가 어떻든 신경도 안 쓰는 거 같고……. 사태의 심각성을 아는 건지."

류가의 심정도 이해하지만, 이번에는 눈감아 줬으면 한다. 이 뱀파이어는 아기토가 '궁기의 그릇'이라는 것 이외 모든 뒷사정을 알고 있다.

그래서 나는 엘미라에게 삼 공주와 류가 진형 간 다리를 놓는 역할을 맡겼다.

하지만 다리 놓기도 쉬운 일은 아닐 테니, 나는 일부러

아기토의 정체를 덮어두었다. 다른데 신경 쓰지 말고 부디 미션에 전념해주기를.

"주리도 보건실을 비운 상태더라. 어제 대체 어떻게 된 건지 추궁하려고 했는데……. 텟짱이라면 뭔가 알지 않을까?"

"아니, 모를걸. 걔는 부하가 뭘 하고 다니든 별로 관심이 없으니까."

"그러고 보니 이치로는 어젯밤에 왜 공동묘지에 있었어?"

"가, 강력한 사기를 느꼈거든. 상황을 살피러 가니 그런 일이 벌어진 거야."

"치타형이랑 장수풍뎅이형 사도는 역시 도올의 부하일까?"

"음, 듣기로 궁기 부하인 팔걸이라던데. 톳코랑은 관계 없는 것 같아."

"톳코가 누구야?"

"아차…… 시, 신경 쓰지 마! 호칭을 살짝 바꿔봤을 뿐이니까! 도철이랑 헷갈리잖아!"

류가가 연달아 질문해서 나는 속으로 허둥댔다. 그만해. 더는 묻지 마. 조만간 실수할 것 같으니까! 아니, 이미 했으니까!

다행히 류가는 "톳코는 너무 귀여워"라는 불만을 토할 뿐이었다.

그녀는 별로 이 이야기를 하고 싶지 않은지 말없이 나를 쳐다봤다. 긴 속눈썹에 작은 입술에 가냘픈 턱……. 얼굴 생김새를 보면 여자애인 걸 절실히 통감했다.

"아무튼 지금의 우리가 우선해야 할 문제는—— 역시 시오리야."

"…………."

"【마신】이 달라붙은 걸 그냥 내버려 둘 수는 없어. 세바스찬 씨도 걱정할 테고……."

나도 그 집사가 걱정이다.

루니에는 톳코의 대리인으로 궁기와 동맹에 긍정적이었다. 톳코를 설득할 수 없다는 걸 안다면 강행 수단으로 나올 수도 있다.

'아니, 삼 공주가 날마다 교대로 유키미야를 경호하기로 했으니 루니에라도 간단히 손을 대지 못할 거야. 사도가 날마다 쳐들어가는 셈이니 유키미야가(家)에는 민폐일지도 모르지만…….'

그러고 있는데 수업 종이 울렸다.

반 애들은 모두 자기 자리로 돌아가는 가운데 나도 마찬가지로 발길을 돌렸다. 다음 3교시는 담임인 미네기시의 영어 수업이다.

"그럼 류가 나중에 얘기하자."

"응. 아직 내 걱정거리가 남아 있지만……. 다음 쉬는 시간에 얘기하자."

"네 걱정거리?"

"아, 그쪽은 별일 아니야. 너무 마음에 담지 마."

나는 고개를 끄덕이고 일단 자리로 돌아갔다.

무슨 걱정인지는 모르겠다만 주인공의 상담 역할에 빠질 수는 없다.

나는 류가의 '친구 캐릭터'이니까, 별일 아닌 문제일수록 적극적으로 파고들어야 한다.

'설마 가슴이 E컵에서 더 커지고 있다거나? 아니면 아기토에게 또 다른 성희롱을 당했나?'

아기토를 흘끔 살피다가 그와 눈이 맞아버렸다. 그의 눈동자가 '나의 히노모리와 친한 척하지 마' 하고 말하는 것 같았다.

'뭐, 어차피 다음 쉬는 시간에는 알겠지. 넘겨짚을 필요는 없어.'

하지만 류가의 걱정거리는 뜻밖에도 3교시에서 밝혀졌다.

그 자신에게, 아기토에게, 아니, 반 남자애들에게······ 엄청난 재앙을 부르며.

"오늘은 수업 대신 학급회의를 하겠다. 축제가 얼마 남지 않았으니."

미네기시가 교실에 들어오자마자 그런 말을 했다.

저마다 환호성을 지르며 냉큼 영어 교과서를 집어넣는 B반 일동.

곧 학생 둘이 일어나 칠판 앞으로 나왔다.

히구치와 토야마다. 이번 축제에서 반을 지휘할 진행위원들이다.

"다들 알겠지만, 저번에 '메이드 카페'만 정하고 끝났기 때문에 구체적인 계획이 아무것도 없어."

"슬슬 계획을 짜야 해. 다른 반은 벌써 준비에 들어갔어."

그렇다. 우리 2학년 B반은 솔직히 말해서 상당히 준비가 늦었다.

메이드복은 몇 벌 준비할 건가? 커피 원두는 어느 정도 조달할 건가? 여자 중 누가 메이드를 할 건가? 그런 여러 사안이 모조리 백지상태다. 그러니 담임인 미네기시도 걱정이었겠지.

'그래. 아무리 이야기가 복잡하다고 한들…… 〈축제〉 이벤트를 소홀히 하면 안 됐는데.'

이 배틀 스토리는 '학원물'이기도 하다.

체육대회, 축제, 수학여행은 꼭 나와야 하는 단골 에피소드……. 이런 이벤트가 인기가 있는 법이다. 수요를 무시할 수는 없다.

무엇보다 친구 캐릭터는 본디 이럴 때야말로 힘써야 하는 법이다. 일상 파트야말로 내가 활약할 무대다.

나는 이야기 조정에만 정신이 팔려── 중요한 본분을 잊고 있었다.

'일주일 동안 궁기도 움직이지 않아. 톳코와 루니에가 좀 신경 쓰이지만, 그것 때문에 축제를 패스한다면 본말전도다!'

지금부터 해도 늦지 않았다. 학교 이벤트를 성대하게 만들어야겠다.

주인공의 축제 이벤트가 시시해서는 안 된다. 친구 캐릭터의 수완을 보여주마! 그렇지? 미츠히코! 나카지마! 마루코 옆에 있는 안경 쓴 애!

"나! 나! 좋은 생각이 있어!"

나는 손을 들고 연설하듯 의견을 쏟아냈다.

"남은 시간을 생각하면 메이드복은 5벌이 한계일 거야! 커피 원두는 손쉽게 슈퍼에서 사고! 음식 메뉴는 쿠키만으로 충분해! 어차피 고등학생이 하는 가게니까! 손님이 노리는 건 결국 여고생 메이드다!"

나의 제안이 모두 채용된 덕분에 회의가 척척 진행되었다. ……그러나 마지막의 마지막이 되어 귀찮은 문제에 직면했다.

누가 메이드를 할 건가.

"나는 역시 히노모리가 메이드를 해야 한다고 생각해!"

사토가 기세 좋게 손을 들며 말했다.

그러자 남자애 몇 명이 끄덕이며 "나도 찬성!", "히노모리라면 분명히 어울릴걸!", "가슴에 패드도 넣어줘!" 하고 외쳤다.

심지어 여자들도 "나도 보고 싶어", "히노모리는 얼굴이 이쁘니까", "너보다 어울리겠는데?" 하는 소리를 하기 시작했다.

한편 류가는 당황한 표정을 감추지 못하고 있었다. 만장

일치를 코앞에 둔 '히노모리 메이드 법안'에 입술이 덜덜 떨리고 있었다.

"어때, 히노모리. 다들 이렇게 말하는데. 메이드 할래?"

그러자 이제 안색까지 번해가던 류가가 자리에서 벌떡 일어났다.

"다, 다들 잠깐만! 왜 굳이 남자한테 메이드를 시키려고 그래……. 엘이 훨씬 어울릴걸?"

참고로 엘미라는 이 상황에도 여전히 쿨쿨 자고 있었다.

반 행사도, 주인공의 위기도 전혀 관심이 없는 모양이다. 칠칠치 못한 얼굴로 "음냐음냐" 하고 뻔한 잠꼬대를 중얼거렸다.

"물론 엘미라도 해야지. 히노모리와 양대 간판이 될 거야! 부탁해, 반을 위해서 협력해줘!"

역시나 실행위원인 토야마까지 매달려 부탁하자 류가의 볼이 움찔움찔 경련하기 시작했다. 허공을 헤매던 애처로운 눈빛이 이윽고 나에게 향했다.

……그리고 나는 깨달았다.

류가가 말한 '개인적인 걱정거리'가 이거였다는 것을.

'조금만 생각하면 알 수 있는 거였잖아. 내가 이걸 놓치다니…….'

불과 몇 시간 전에 아기토와 이 이야기를 했지 않았던가. 반에서 '그런 계획'이 나오고 있다고. 그게 휴전의 이유라고.

그래, 류가. 너를 돕는 것 또한 나의 사명!

이기심이라는 이름의 죄책감을 떨치기 위해서도 이 자리는 내가 맡겠다!

"다들 기다려. 이건 신중하게——."

내가 류가의 편을 들려고 자리에서 일어선 순간.

"나도 히노모리가 반드시 메이드를 해야 한다고 생각한다."

내 기선을 제압하듯이 일어나 의견을 말한 놈이 있었다.

복도 쪽 맨 끝자리에서 여태껏 자기는 상관없다는 양 책을 읽던 전학생—— 텐료인 아기토였다.

"오히려 히노모리가 아닌 어느 누가 메이드를 해내겠나. 메이드 카페가 성공하느냐 마느냐는 거기에 걸려 있다고 해도 과언이 아니다."

평소와 달리 술술 떠드는 아기토의 모습에 모두가 말을 잃었다.

그야 그렇겠지. 전학 온 지 약 보름, 아기토가 이만큼 적극적인 태도를 보이기는 처음이니까. 심지어 한다는 말이 류가의 메이드고.

'하지만 나도 물러설 수는 없다!'

나는 류가가 메이드 의상이 어울린다는 사실을 누구보다도 잘 알고 있다. 류가의 취미가 코스프레이기 때문이다. 어디 메이드뿐이랴. 간호사며 차이나드레스, 바니걸도 어울린다. 집에서는 그런 분장만 한다. 여담이지만 나는 바니 류가의 엉덩이를 아주 좋아한다. 배꼽도 아주 좋다.

나는 아기토에게 지지 않게끔 더욱 목소리를 높여 역설

했다. 류가의 "힘내!"라는 뜨거운 시선을 왼쪽 뒤통수로 느끼면서.

"여자들에게 묻고 싶군. 남자인 류가에게 메이드를 시킨다면 너희는 뭐가 되지? 긍지는 없어? 모처럼 메이드 의상을 입을 수 있는 귀중한 이벤트를——."

하지만 곧바로 순백의 교복을 입은 변태 신사의 반박이 날아왔다.

"오히려 이런 이벤트이기 때문에 할 수 있는 선택이란 거다. 남자가 메이드…… 좋지 않은가. 단순한 메이드 카페보다 재미있겠지."

아무리 아기토라도 류가가 여자라는 사실을 공공연하게 떠들 마음은 없는 모양이다. 어떻게든 메이드 류가를 보고 싶은 모양이지만. 자신의 욕망에 충실한 남자다.

"좋다, 아기토. 그렇다면 내가 메이드를 하지. 가슴에 패드도 넣으마."

"그건 네 맘대로 해라. 하지만 히노모리의 메이드를 반대할 이유는 되지 않는다. 불공평하다면 차라리 남자만 메이드를 하는…… 건 어떤가."

아기토가 꺼낸 말도 안 되는 소리에 크게 술렁이는 남학생 일동.

그런 한편으로 "그거 재미있겠네"라며 신나 덤비는 여학생 일동.

대단한 집념이다……! 그렇게까지 류가를 메이드로 만

들어서 구부정한 자세가 되고 싶은 건가!

"얼토당토않은 소리 하지 마, 아기토! 오구라라면 어떻겠어! 몸무게가 100kg은 나간다고! 게다가 악성 곱슬이라고!"

"상관없다. 그런 메이드 또한 재미있겠지."

도마에 오른 오구라가 어째서인지 "헤헤헤" 하고 쑥스러워하며 머리를 긁적였다.

그야말로 밀림과 같은 머리다. 예전에 머리카락 속에서 파리 사체가 나온 적이 있다. 나도 100엔짜리 동전을 숨겨 본 적이 있다. 돌아오지 않았다만.

"말을 꺼낸 너는 어쩔 셈이야! 이 안을 채용한다면 너도 메이드를 해야 이치에 맞지 않겠냐!"

"상관없다. 해주지."

"상관 좀 해! 잠깐이라도 망설이라고!"

"인간은 누구나 메이드가 될 가능성을 잠재하고 있는 법이다. 그것은 나라고 해서 예외가 아니다."

"그 깨달음은 뭐야! 지금까지 만든 쿨한 캐릭터가 완전히 무너지고 있잖아?!"

"상관없다. 영혼 안에 있는 메이드를 포기해서는 안 된다……. 니체가 한 말이다."

"거짓말하지 마!"

……그 뒤로 잠시 격렬한 토론이 이어졌으나.

결과부터 말하면 나는 졌다. 남자 메이드안이 채용되고

말았다.

여자 대부분이 "히노모리만이 아니라 메이드 차림 텐료인까지 볼 수 있는 거지?"라는 한마디에 아키토를 지지한 탓이었다. 한술 더 떠 담임인 미네기시까지 "재미있을 것 같고, 좋네" 같은 소릴 했다.

"좋아. 그럼 우리 2학년 B반은 남자 메이드 카페야. 당연 남자들은 전원 참가. 의상이 5벌밖에 안 될 테니 시간별 교대제로 할까."

"그러네. 교대 시간은 체격을 기준으로 정하는 편이 좋을까? 같은 사이즈로 싸우는 일이 없도록──."

그 뒤 세부를 척척 진행하는 히구치와 토야마. 네놈 히구치. 당일에 진행위원일을 핑계로 혼자 수치 플레이를 피할 생각이로구나……!

부끄러운 심정으로 류가를 보니 아니나 다를까 머리를 감싸 쥐고 있었다.

'미안하다 류가. 내 힘이 부족해서 아기토의 간계를 저지하지 못했어…….'

참고로 체중이 100kg인 오구라는 메이드를 면제받았다. 혼자만 유별나게 덩치가 큰 데다 악성 곱슬머리라서 머리띠를 꽂을 수 없다는 이유 때문이었다.

인제 와서는 아무래도 좋다만.

4

"하아…… 큰일났어."

점심시간. 나랑 함께 옥상에 온 류가는 입을 열자마자 우는소리를 쏟아내기 시작했다.

오늘도 여전히 옥상에는 우리뿐이었다. 안심하고 마음껏 푸념하시게. 얼마든지 함께할 테니.

"설마 학교에서 코스프레를 하게 되다니……. 나는 이치로만의 메이드인데."

"전부 내 책임이야. 정 싫으면 당일에 쉬어도 돼. 네 타임에는 내가 들어갈게."

"아니야. 모두 하기로 했는걸. 나만 빼먹을 수는 없어. 특히 나는 가게 간판이라고 했는걸……."

펜스에 등을 기대어 무릎을 끌어안고 땅바닥에 주저앉은 류가.

그런 류가를 내려다보면서…… 나는 불성실하게도 다른 생각을 하고 있었다.

'그러고 보니 점심에 유키미야에게 연락하기로 했지.'

루니에 건도 있고 하니 유키미야의 상태를 세세하게 확인해둘 필요가 있다. 축제도 중요하지만 유키미야도 방치할 수는 없다.

유키미야 시오리는 【마신】 도올의 그릇── 참으로 골치 아픈 일이다.

애초에 그녀는 사신(四神)의 한 축인 【백호】의 계승자다. 류가와 함께 싸워온 '축명의 무녀'다.

지금의 유키미야는 '동료 캐릭터'와 '적 캐릭터' 양다리 상태다. 세바스찬과 불화극도 있다. 명백히 설정 과잉이다.

　'아무리 개인 에피소드가 뒷전으로 밀렸다고 해도 그렇지, 너무 많다. 역시 톳코의 그릇에는 다른 누군가를 캐스팅했어야…….'

　……차라리 류가의 여동생·쿄카에게 부탁하면 어떨까.

　한 번만 더 【마신】의 그릇이 되어달라고.

　그리고 당초 예정대로 류가와 톳코가 싸우게 해서 【마신】의 힘을 소모시킨다. 쿄카라면 힘이 빠진 톳코를 '절복'할 수 있을 거다. 누가 뭐래도 쿄카는 혼돈을 '절복'한 실적이 있으니까.

　'그러면 유키미야는 동료 캐릭터에만 전념할 수 있어. 쿄카에게도 이야기상 새로운 역할을 줄 수가…… 응? 아니, 잠깐만.'

　거기서 나는 퍼뜩 깨닫고 말았다.

　애초에 '류가와 톳코를 싸우게 한다'는 안은 치명적인 악수라는 사실을.

　극도로 소모된 【마신】을 잠재우지 못하고 그 몸에 깃들게 한다―― 그것이 어떤 사태를 부를지 나는 알고 있었다.

　그렇게 되면 【마신】에게 서서히 생명력을 빼앗긴다.

　결국에는 의식을 잃을 정도로 쇠약해져 목숨이 위태로운 지경에 이른다.

　'그것 때문에 내가 혼돈 아저씨를 인수하게 되었잖아. 다

시 말해 '톳코를 소모시킨다'는 계획은…… 처음부터 성립하지 않는다.'

톳코는 풀파워 상태로 있는 게 가장 좋다. 설령 지주가 유키미야든 쿄카든.

하지만 온전한 톳코를 '절복'하기는 지극히 어려울 것이다. 기운이 남아도는 【마신】을 꼼짝 못 하게 할 인간은 아마도 나나 아기토가 고작일 것이다……. 두 사람 다 불가능한 선택이다.

나는 왜 이리 어리석은가. 인제 와서 그 사실을 깨닫다니.

'그뿐만이 아니야. 게다가 나란 녀석은 또다시 추악한 이기심을…….'

내가 지금 쿄카를 뭐라고 생각했지? 다시 그릇으로 삼는다고? 쿄카에게 '새로운 역할'을 맡길 생각이었냐?

그건 내가 쿄카를 '스토리의 장기짝'으로밖에 보지 않았다는 소리다.

이토록 무례한 인간이 있을까? 어떻게 자라면, 어떤 친구와 사귀면 이런 비인간적인 사고를 하지?

'그리고 류가의 심정도 생각하라고. 겨우 동생이 '마신'에서 해방되었다고 생각했는데 또 다른 【마신】을 떠넘긴다면…… 민폐 정도가 아니잖아.'

어느새 나는 류가 옆에 나란히 앉아 마찬가지로 무릎을 끌어안고 침울해졌다.

자기 혐오가 멈추지 않는다. 메이드 건으로도 류가를 지키지 못했으니 이제 정말 친구 캐릭터 실격이다. 다음 주 일요일 저녁 나카지마를 볼 면목이 없다.

"메이드복을 입었다가 여자인 걸 들키지 않을까……."

"나는 쓸모없는 녀석이야……. 비웃어라 나카지마……."

"로우앵글로 사진을 찍히지는 않겠지……."

"머리를 빡빡 밀까……. 그러면 이소노가 되어버리겠지 만……."

둘이서 번갈아 푸념하고 번갈아 한숨을 쉬었을 때였다.

앞쪽 철문이 철컥 하고 열리고 잘 아는 여학생 3명이 들 어왔다.

"류가, 코바야시. 역시 여기에 있었구나."

한 사람은 허리까지 오는 포니테일을 한 모델 같은 몸매 의 여검사.

엄격하고 금욕적인 성격과는 달리 유행에 민감한 신세 대 소녀라는 일면을 감춘 상급생── '참무의 검사' 아오가 사키 레이.

"두 사람 다 여기서 뭐하는 거죠? 나란히 무릎을 끌어안 고 앉아서."

한 사람은 아까까지 쿨쿨 자던 같은 반의 저혈압 뱀파 이어.

기분파에 자유분방한 소악마 캐릭터이면서 지금은 시즈 마라는 고아 사도의 어머니이기도 한 BL애호가── '상암 의 혈족' 엘미라 매카트니.

"혹시 시오짱 때문이야? 그러면 나도 함께 침울해 있을 래."

한 사람은 교복 치맛자락 아래로 레깅스가 보이는 숏컷 의 권법가.

늘 항상 내가 짠 플롯을 망가뜨리고 분위기 파악 못 하 며 앞뒤 없이 돌진하는 건강우량아── '성벽의 수호자' 쿠 로가메 리나.

유키미야 시오리를 제외한 사신 히로인들 3명이었다. 히 노모리 류가와 함께 '나락의 사도'와 싸우는 이 이야기의 주요 캐릭터들이다.

아마도 유키미야를 어째야 할지 의논하고 싶어서 우리 를 찾았겠지. 이번 일은 사정을 아는 엘미라는 어쨌든 나 머지 사람에겐 중대사이니까.

"류가, 조금 전 시오리에게 메시지가 왔다. 몸 상태는 전 혀 문제없으니 내일부터 학교에 온대. 도올 건도 그때 이 야기하겠다는군."

아오가사키의 말에 류가가 "뭐?" 하고 고개를 들었다.

……물론 나는 이것도 알고 있었다. 어젯밤에 전화해서 그러라고 한 게 바로 나니까.

류가를 안심시키려면 유키미야의 건강한 모습을 보여주 는 게 제일이다. 톳코가 당분간은 움직일 마음이 없다는 걸 알면 모두의 의식은 궁기에게 쏠릴 터.

'학교에는 류가도 있으니 유키미야의 집보다 안전하겠지.

그동안은 삼 공주도 호위하지 않아도 되고.'

그런 내 판단과는 별개로 아무래도 유키미야에게는 학교를 쉬고 싶지 않은 이유가 있었던 듯하다.

자세히는 듣지 못했지만 '가지 않으면 모두에게, 특히 레이 씨께 폐를 끼치고 맙니다'라고 했던 것 같은데……. 그래서 '내일부터 학교에 나온다'는 메시지를 류가가 아니라 아오가사키에게 보낸 걸까?

그러고 나서 한동안 옥상에 침묵이 내렸다.

웬일로 쿠로가메까지 기운 없이 어깨가 처지고 유난히 표정이 어두웠다. 평소에는 태평한 쿠로가메도 역시 유키미야 문제에는 충격을 받은 모양이다.

"하아, 시오쨩이 걱정돼……. 역시 오늘 아침에 무리해서라도 만나야 했던 거 아닐까……."

"성급한 행동은 자제하세요. 문을 부수려는 당신을 막느라 제가 얼마나 고생한 줄 아세요?"

보란 듯이 탄식하고 쿠로가메를 단호하게 야단치는 엘미라. 벌써 열심히 돕고 있었던 건가. 나중에 피를 빨게 해주자.

"나는 수업이 끝난 뒤에 역 앞 슈퍼에서 잠복할 작정이다. 듣자 하니 그곳에 미온이 자주 출몰한다더군. 미온을 붙잡아 우격다짐으로라도 도올을 감싼 진의를 실토하게 하겠어."

"그만두세요. 아침에도 말했죠. 삼 공주 건은 저에게 맡기라고."

엘미라가 이번에는 아오가사키를 나무란다. 절로 숙연해졌다.

"엘미라. 어째서 그렇게까지 삼 공주 편을 들지? 【마신】둘이 동시에 부활한 지금 느긋하게 있을 때가 아니야."

"맞아, 엘짱! 삼 공주는 나쁜 녀석이야! 일단 패주자!"

……난감하게도 주인공 진영의 보조가 흐트러졌다.

예상이 너무 물렀나. 아오가사키와 쿠로가메는 사신 제일의 무투파 2인이다. 그런 그녀들이 이토록 흥분하면 엘미라만으로는 제압할 수 없을지도 모른다.

지금은 일단 뱀파이어를 도와야…… 그렇게 내가 입을 열려던 때.

"다들 일단 진정해."

늠름한 한마디로 순식간에 일동을 조용하게 만든 자가 있었다. 말할 것도 없이 류가다.

"먼저 【마신】 도올 말인데, 시오리가 내일 학교에 온다면…… 그때까지는 보류해두자."

뜻밖에도 나를 대신해 발 벗고 나선 주인공을 일동이 놀란 눈빛으로 주목했다.

"그, 그렇지만 류가. 그러면 선수를 빼앗기게 되는데……."

"맞아, 류짱. 무슨 일이든 선수를 치면 반드시 이긴다고 했어. 꾸물거리면 안 돼."

아오가사키와 쿠로가메의 반론에 류가는 바닥에 앉은

채 고개를 가로저었다.

"물론 나도 시오리가 걱정이야. 당장에라도 만나러 가고 싶어. 하지만 머리를 식히고 생각하니 그런 생각이 떠오르더라……. 그건 시오리를 믿지 못하는 게 아니냐고."

"…………."

"시오리가 '맡겨달라'고 한 이상 우리는 그래야 해. 만약 정말로 도움이 필요하다면 반드시 우리에게 도와달라고 할 거야……. 그렇게 믿어."

대꾸하지 못하고 고개를 떨어뜨리는 무투파 두 사람에게 류가가 상냥하게 미소 지었다. 이어서 그 눈동자가 붉은 머리카락 흡혈귀에게 향했다.

"마찬가지로 엘도 믿고 싶어. 엘이 '삼 공주 일은 맡겨줘'라고 한다면 나는 그러려고 해. 동료로서."

"류가……."

엘미라의 볼이 살며시 붉어졌다. 틀림없이 심쿵했다. 그러고 보니 류가가 여자라는 사실을 모르는 사람은 이 자리에서 그녀뿐이다.

"레이 선배, 리나. 걱정하는 마음은 이해하지만 동료를 믿자. 우리는 그렇게 오늘까지 싸워왔잖아. 연대야말로——우리가 가진 최대의 힘이야."

아아. 역시 류가는 최고의 주인공이다.

내가 그리는 히어로의 이상적인 모습이다.

이런 말을 자연스럽게 하면서 이토록 멋있는 사람이 또

있다면 데려와라. 류가를 '주인공 그릇이 아니'라고 평가한 궁기는 눈이 썩었다.

'그 멋진 대사를 쪼그려 앉아 무릎을 끌어안은 상태로 말한 게 약간 흠이지만……. 그런 장난꾸러기 같은 부분도 류가의 매력이지.'

역시 나는 히노모리 류가의 '친구 캐릭터'가 하고 싶다.

내가 지지해야 할 주인공은 이 녀석밖에 없다.

그것이 이기심이라면 기꺼이 이기주의자가 되마. 이 이야기의 메인을 코바야시 이치로와 텐료인 아기토 따위로 만들게 놔둘까보냐.

반드시 류가에게 대단원을 맞이하게 해주겠다. 인간계에 평화를 되찾아주겠다. 그 뒤라면 나는—— 어떤 대가도 달게 치르겠다.

'류가를 대신해 나 따위가 인간계의 평화를 되찾아주기라도 했다가는…… 해피엔딩이 아니야. 배드엔딩이다. 그런 세상 따위 멸망해버려!'

인류도 그렇게 생각할 것이다. 친구 캐릭터 따위에게 구원받을 바에야 차라리 멸망하는 편이 낫다고.

코바야시 이치로는 안 된다.

이 세계는 히노모리 류가의 손으로 지켜야 비로소 의의가 있다.

내 주장이 맞다는 듯 이윽고 아오가사키와 쿠로가메가 순순히 고개를 끄덕였다. 보라, 이것이 주인공의 설득력이다.

"……그렇군. 류가의 말이 맞을지도 몰라. 여기서 침착함을 잃으면 그거야말로 적이 바라던 바겠지. 평상심을 잃은 채 싸우면 적에게 승리할 수 없다."

"알겠어, 류짱! 나도 패주는 거 참을게!"

무투파 2인이 흥분을 가라앉히자 안도하는 엘미라. 이어서 엘미라는 류가에게 다가가 무릎을 구부리고 눈높이를 맞춘다.

"류가. 저를 믿어주셔서 감사해요."

"엘은 시즈마를 통해 삼 공주와는 가장 접점이 있으니까. 그녀들과의 중재 역할, 미안하지만 부탁해도 될까?"

"맡겨주세요. 열심히 할게요. 그런데……."

크게 긍정하면서 곧바로 말을 잇는 뱀파이어.

"류가도 부디 애써주세요."

"어? 뭘?"

"메이드를."

직후. 류가가 무릎을 끌어안은 채 털썩 옆으로 쓰러졌다. 장난스러운 리액션이었다.

5

점심시간이 끝나기 전.

나는 류가와 히로인들을 남기고 한발 먼저 옥상을 나왔다. 유키미야에게 연락을 하기 위해서였다.

'보건실에 가볼까. 오늘은 주리도 안 온 모양이니 아마 아무도 없겠지.'

보건교사가 사적인 일로 자리를 비우는 건 안 된다고 생각하지만 그걸 문제 삼을 사람은 없다. 학교 모든 사람에게는 '헤비즈카 선생님이 부재라도 아무렇지도 않은'이라는 암시가 걸려 있다.

참고로 류가에게는 '배가 아프니 화장실에 다녀오겠다'고 거짓말했다.

어제부터 지금까지 나는 완전히 똥싸개다. 류가도 진지한 얼굴로 걱정했다. 사실은 남보다 훨씬 튼튼한 위장이지만…….

'슬슬 똥 말고 다른 이유를 생각해야 할지도. 반대로 변비는 어떨까? 아니, 결국 똥이잖아.'

자신의 빈곤한 발상에 한탄하며 나는 보건실로 갔다.

예상대로 보건실에는 아무도 없었다. 텅 빈 실내는 구석구석까지 청소되어 있고, 침대 시트도 주름 한 점 없이 정돈되어 있다. 하지만 보건교사는 부재…… 성실한 건지 불성실한 건지 알 수 없는 초글래머 선생이다.

서둘러 주머니에서 휴대전화를 꺼내 유키미야의 번호로 전화를 걸었다.

기다릴 새도 없이 겨우 몇 초 만에 통화가 연결되었다. 그런데.

'여보쇼, 시오리짱임메.'

받은 상대는 누가 봐도 시오리가 아니었다. 시골 느낌이 물씬 풍겼다.

　그 사람이 누구인지 물을 필요도 없다. 사흉 중 하나 · 【마신】 도올──통칭 톳코다.

　"어이 톳코, 함부로 전화 받지 마."

　"아, 이치로 성임까? 단박에 내를 간파하다니 역시 대담함메.'

　"'여보쇼' 그러면 모를 수가 없지. 그쪽은 별일 없어?"

　"천하태평임메. 조금 전까지 시오리짱이랑 교환일기를 썼지 않겠소……. 시오리짱, 피곤했는지 잠들어버렸습메."

　톳코를 '절복'하지 못한 유키미야는 나나 아기토처럼 자신에게 깃든 【마신】가 대화할 수가 없다. 톳코가 활동 중일 때는 기억이 남지 않는다.

　그렇기에 소통하는 방법으로 교환일기를 골랐다.

　듣기로 어제는 상당히 늦게까지 글을 주고받았다고 한다. 아직도 계속하고 있었다면 피곤할 만도 하다. 지나치게 사이가 좋은 거 아닐까.

　"그런데 이치로 성. 간밤에는 미안하오. 이성을 잃었습메……."

　"아냐, 반격하지 않았던 것만으로 대견해. 거기서 류가에게 손을 댔다면 더 성가셔졌을 테니까."

　"내는 박애 정신이 넘치는 【마신】입메."

　"그건 그거대로 문제인데 말이지……."

"그래서 내, 루니에에게도 화가 납메. 멋대로 큐짱이랑 내통하다니 그딴 나쁜 사도는 더 이상 우리 집 아가 아니오."

나쁜 사도. 그건 일종의 이중표현 아닐까. '나락의 사도'는 본디 인류의 적이다. 나쁜 게 당연하다.

이를테면 '여자의 블루머'랑 마찬가지. 블루머에 굳이 '여자의'라고 붙일 필요는 없다. 남자의 블루머 따위 존재하지 않으니까. 애초에 블루머 자체가 거의 사라졌다.

그런 아무래도 좋은 내 생각을 제쳐놓고 전화 너머로 톳코가 떠들었다.

"지금은 주리짱이 놀라왔습메. 이치로 성, 아시오? 시오리짱이랑 주리짱은 사이가 별로 안 좋습메. 내가 없으면 결투를 벌일 참임메."

"학교에 오지 않았다 했더니만 주리가 호위를 맡았나……. 잘 들어 톳코, 싸움만은 저지해줘. 유키미야가 퍼런 멍이 들어서 학교에 온다면 너 때문이라고 생각할 거야."

"당연함메. 톳코한테 맡기쇼! 아, 주리짱이 할 말이 있는 것 같으니까 잠깐 바꾸겠습메."

그러고는 통화 상대가 바뀌었다.

이 보건실에서 근무해야 할 킹코브라 사도의 목소리가 들렸다.

"이치로 님, 고생이 많으시죠. 이쪽은 현재 특별한 문제는 없답니다. 절벽 가슴 소녀와 한판 벌일 뻔한 것 말고는요."

"이미 한 번 충돌했냐……. 그보다 주리, 아무쪼록 루니

에를 조심해. 루니에는 그 저택의 집사이니 숨어들기는 일
도 아닐 거야."

"알겠사옵니다. 이 주리가 있는 한 유키미야 시오리에게
는 손가락 하나 넣지 못합니다."

"19금 농담은 그만둬. 대낮이라고."

"한데 이치로 님. 전화를 바꾼 까닭은 다름이 아니오라,
꼭 드리고 싶은 제안이 있사옵니다."

주리의 목소리가 별안간 달라진다. 엣헴 하고 헛기침 소
리가 들렸다.

"톳코 님과도 이야기했습니다만…… 유키미야 시오리를
잠시 코바야시가에서 맡는 게 어떨까요?"

"뭐? 왜?"

"이치로 님도 말씀하셨다시피 이 저택은 루니에의 홈그
라운드입니다. 게다가 코바야시가에서 자동차로 30분이나
걸리는 먼 거리죠……. 유사시에 지원군이 필요해도 제때
올 수가 없습니다."

"음……."

"거기에 아직 톳코 님은 아직 힘을 완전히 되찾지 못한
듯합니다. 이제 막 깨어나신 것도 있습니다만, 유키미야를
그릇으로 삼은 지 불과 반년밖에 되지 않았습니다."

"크, 음……."

어젯밤의 시마와 사이힐도 그 점을 노렸다. 【마신】은 그
릇을 옮기면 새로운 그릇에 익숙해질 때까지 1년 가까이

걸린다고 한다. 톳코만 너무 믿는 건 위험할지도 모른다.

"코바야시가는 도리어 저희가 유리합니다. 유키미야의 호위와 루니에의 수색……. 둘 다 임기응변으로 인원을 나눌 수도 있습니다. 적의 습격에도 신속하게 대응할 수도 있고요."

주리의 말이 옳다. 다만…… 그건 한 가지 커다란 문제가 있다.

유키미야를 우리 집으로 부른다는 건, 다시 말해 그녀에게 '삼 공주와 동거'를 들킨다는 뜻이다.

이익을 훨씬 웃도는 손해 아닌가?

애초에 히로인들과의 동거 소재는 엘마라로 벌써 했는걸?

대답을 흐리자 주리가 다시 입을 열었다.

"이치로 님은 저희 삼 공주와 동거 중이라는 걸 들키는 게 걱정이신 모양입니다만."

"맞아. 유키미야가 그 사실을 알았다가는 충격으로 몸져누울 우려가 있어."

"그 문제는 이미 톳코 님이 해결하셨습니다."

"……뭐?"

"조금 전에 교환일기를 슬쩍 들여다보았습니다만……. 톳코 님께서 대놓고 쓰셨더라고요. 저희가 코바야시가에 산다는 얘기를. 귀여운 일러스트까지 넣어서."

하마터면 휴대전화를 떨어뜨릴 뻔했다.

써버린 거야?! 게다가 그림으로 그렸다고?! 톱시크릿을?!

"이미 유키미야에게 다 들켰으니 마음 놓으세요."

"마음을 어떻게 놔!"

"아니나 다를까, 충격을 받아 지금은 침대에 누워 있습니다."

"지쳐서 잠든 게 아니잖아! 이게 원인이잖아!"

"현재 끙끙거리고 있답니다. 푸흐흡."

"왜 웃는데!"

불찰이었다. 톳코한테 확실하게 입막음을 해둬야 했다.

하지만 이렇게 된 이상 유키미야는 우리 집에 숨긴다는 계획을 주저할 이유는 사라졌다. 어차피 언젠가는 삼 공주와의 동거 중이라는 걸 모두에게 밝혀야 한다.

──이걸로 류가가 여자아이라고 아는 사람이 아오가사키와 쿠로가메.

──삼 공주가 우리 집에 있다는 사실을 아는 사람이 유키미야와 엘미라.

두 팀으로 나눠 각각 다른 비밀을 알고 있다. 도리어 좀 덜 복잡해졌군.

마음을 굳힌 나는 주리에게 그렇게 하라고 한 뒤 전화를 끊었다. 끊기 직전에 톳코의 "와──아, 외박임다"라는 들뜬 목소리가 살짝 들려왔다.

'하아……. 또 새로운 동거인이 오는 건가. 우리 집이 위법 민박처럼 되었어.'

……우울한 기분으로 교실로 돌아가자 이미 류가와 엘

미라도 돌아와 있었다.

뱀파이어가 질리지도 않고 쿨쿨 자는 한편 여자애들 몇 명이 류가를 둘러싸고 번갈아 머리띠를 씌웠다.

"뭐야, 어울리잖아! 히노모리 귀여워!"

"이게 흔히 말하는 여자보다 더 여자 같은 남자인가?"

"선도 가늘고 정말로 여자라고 믿는 손님 있는 거 아냐?"

꺄꺄 여자애들의 장난스러운 수다에 쓴웃음을 지으며 머리를 긁적이는 류가.

이봐 잠깐만, 기뻐하지 마. 그리고 아기토, 남몰래 머리 띠 류가 사진 찍으려고 하지 마.

아직 수업종이 치기까지 1분쯤 남아서 나는 여자애들 틈을 비집고 들어갔다. 이럴 때 류가를 보호하는 건 내 일이다.

"나도 머리띠 씌워줘. 나도 메이드 할 거니까."

그렇게 말하며 책상 위에 있던 머리띠 하나를 집어들고 장착해본다. 그러자.

"싫어, 기분 나빠!"

"칙칙해!"

"구린내 나!"

여자애들에게서 일제히 원성이 날아왔다. 구린내는 뭐야. 냄새는 관계없잖아.

……어이 류가, 남몰래 머리띠 이치로 사진 찍으려고 하지 마.

방과 후. 중간까지 류가 & 엘미라와 함께 돌아가다 늘 헤어지는 부근에서 작별한 뒤.

나는 그대로 집으로 갈 마음이 들지 않아 그냥 공원 벤치에서 침울하게 있었다.

아직 저녁까지는 3시간 정도 남아 있다. 코바야시가의 저녁 식사는 보통 7시.

평소에는 저녁 식사를 마치고 목욕을 한 뒤, 거실에서 하릴없이 이것저것 할 뿐이지만……. 오늘은 그럴 수가 없었다. 손님이 오기 때문이다.

'유키미야가 오는 게 8시쯤이라고 했지.'

그렇다. 오늘부터 이 집에는 또 주민이 한 사람 늘어난다. 아니, 정확하게는 두 사람인가. 톳코도 있으니까.

조금 전 온 주리의 연락에 따르면 이미 유키미야도 승낙했다고 한다. 한동안 우리 집에서 학교를 다녀야 하므로 이것저것 준비하느라 바쁘다고 한다.

참고로 유키미야 저택의 고용인들에게는 주리가 암시를 걸어두었다. '시오리 아가씨가 없어도 이상하게 생각하지 않는다'는 익숙한 세뇌술이다. 편리한 능력이다.

'이 상태라면 다음에는 아오가사키 선배나 쿠로가메랑 동거해버릴 기세로군……. 친구 캐릭터는 대체 뭐였지? 어떤 녀석이었지?'

저무는 석양을 바라보며 그런 생각을 하고 있자니.

'나리, 안 돌아가십니까? 저, 게임을 계속하고 싶은뎁쇼.'

갑자기 머릿속에서 그런 목소리가 들렸다. 도철이다.

이제야 일어났냐. 아기토의 맨션에 있을 때는 기척도 없더니……

"어이 텟짱. 혼돈 아저씨는 어쩌고 있어?"

'아직 잡니다. 이 녀석 이갈이가 시끄러워서 잠이 달아났어요.'

가만히 귀를 기울이니 이가는 소리가 들렸다. 기왕이면 저녁 식사를 마칠 때까지 둘 다 자면 좋을 것을.

우리 집의 규칙상 7시에 식탁에 도착하지 못한 자는 저녁밥을 얻지 못하더라도 불평해서는 안 된다. 모두 함께 "잘 먹겠습니다" 하는 것이 규칙이다.

'그러고 보니 나리, 궁기 놈을 만나러 가셨던가요. 뭐래요?'

"축제가 끝날 때까지 일주일간 휴전하기로 했어. 그리고 유키미야랑 톳코를 한동안 우리 집에서 맡게 됐어."

'또 동거인이 늘었습니까? 엘미라랑 시즈마가 나간 지 얼마나 됐다고요?'

"생각해보니 코바야시가에는 【마신】이 셋이나 사는 셈이 되는군……. 아기토의 맨션보다 더 문제 있지 않나 이거."

무엇보다 질이 나쁜 건 거기에 더해 사신 히로인이 있다는 점이다. 적과 아군 캐릭터가 한 지붕 아래에서 산다.

'제가 자는 동안 여러 가지 일이 있었던 모양이군요. 여

전히 나리는 암약을 좋아하시나 봅니다.'

"암약인가⋯⋯. 있지 텟짱, 너도 역시 나를 이기주의자라고 생——."

'그보다 오늘 저녁은 뭡니까?'

"전환이 너무 빠르잖아! 햄버그야!"

'아싸아! 햄버그 너무 좋아!'

"그게【마신】이 할 말이냐! 가끔은 숙주의 고민을 들어준다든가, 그런 배려는 없는 거냐고!"

내 안에서 덩실거리는 도철에게 불만을 터뜨렸을 때.

"——코바야시. 이런 곳에서 뭐하는 거지?"

익숙한 목소리와 함께 키 큰 교복 소녀가 다가왔다.

"아, 아오가사키 선배?"

【청룡】의 계승자인 '참무의 검사'였다.

오늘도 역시 목도를 들고 당당한 발걸음이다. 치마 아래로 뻗은 검은 스타킹으로 감싼 예쁜 다리에 나도 모르게 시선이 가고 말았다.

"너는 혼자서도 시끄럽구나. 흠, 쾌활한 남성은 싫지 않다만⋯⋯ 옆에 앉아도 되나?"

내 대답을 기다리지 않고 옆자리에 털썩 앉는 아오가사키.

⋯⋯무척 가까운 거리가 신경 쓰인다. 전에 류가와 벤치에 앉았을 때도 그랬지만 이건 접대부와 사장님의 거리다. 그런 가게에 간 적은 없지만.

"코바야시, 옥상에서는 미안했다. 꼴사납게 혈기가 넘치고 말았다. 너에게는 보이고 싶지 않은 꼴 사나운 모습이었다."

"아, 아뇨. 유키미야를 걱정하는 마음은 충분히 이해합니다."

"나도 아직 수행이 부족하군. 오류의 냉정함을 보고 배워야겠어."

오류──아오가사키는 류가를 남몰래 그렇게 부른다.

류가가 여자애라는 사실을 안 뒤로 그리고 아오가사키의 유행 좋아하는 취미를 안 이후로 두 사람은 급속하게 친밀해졌다. 서로의 집에 묵고, 함께 목욕까지 할 정도로.

'맞아. 아오가사키 선배라면 아기토가 류가에게 얼씬거리고 있는 걸 상담해도 괜찮겠구나.'

어제 볼링장에서도 그런 생각을 했다. 아기토가 류가 주변을 끈질기게 맴돌고 있다는 걸 감출 필요 없지 않을까 하고. 그러나.

"아아. 텐료인 아기토 문제라면 오류에게 들었다."

그 문제는 이미 아오가사키의 귀에 들어가 있었다.

아무래도 류가도 나와 같은 생각을 한 모양이다. 어차피 여자인 걸 들켰으니 사적으로도 '레이짱'에게 의지할 속셈이겠지.

"오류를 여성이라고 간파한 안력은 대단하지만 그걸 구실로 데이트를 요구하는 건 칭찬할 수 없군. 그런 괘씸한 자에게 오류를 맡길 수는 없어."

"역시 그렇게 생각하십니까."

"그래. 처음 들었을 때는 오류에게 남자친구가 생기면 나도 걱정 없이 코바야시를 독점할 수 있지 않을까? 하고 살짝 기대했다만…… 몹시 유감이다."

당신의 생각도 몹시 유감입니다.

"사실 그것 말고도 텐료인은 신경 쓰이는 점이 더 있다. 오늘 하쿠보기주쿠 고등학교에 친구가 있는 애에게 들은 이야기다만."

아오가사키가 팔짱을 끼고 한 손으로 자기 턱을 가볍게 잡았다. 그녀는 자주 이 포즈를 한다. 참 폼 나는 버릇이다.

"뭐라고 하던가요?"

"음. 두 달 전에 하쿠보기주쿠 고등학교에서 학생 10명 정도가 한꺼번에 병원으로 실려 간 사건이 있었다고 한다."

"병원으로 실려가요?"

"학생들은 다들 극한 상태였는지 정신을 차리고도 심각한 착란 상태를 보였다고 하더군. 지금도 10명 모두 휴학 중이라고 했다……. 그들 모두 '오컬트 연구회'라는 수상한 서클의 멤버였고."

확실히 수상한 사건이다. 신문에 실리지 않은 건 명문학교인 하쿠보기주쿠가 사건을 덮었기 때문일지도 모른다.

"혹시 그 사건에 아기토가 무슨 관계가 있나요?"

"그래. 바로 텐료인 아기토가 '오컬트 연구회' 소속이었다."

"…………."

그렇다면 궁기도 얽힌 걸까?

【쇼타 마신】이 아기토를 이용해 사건을 일으킨 게 아닐까?

진위는 불명이지만 같은 일을 우리 오메이 고등학교에서도 저지를 생각이라면 반드시 저지해야 한다. 아직까진 류가에게만 반응하고 있지만…….

'루니에도 그렇지만 아기토의 정체도 언제까지고 비밀로할 수 없어. 그것들을 공표하기 전에 톳코 건을 어떻게든 해결해야 하는데…….'

내가 어쩌지 하고 머리를 굴리고 있자니 아오가사키가 내 옆에서 걱정을 털어놓았다.

참고로 귀를 기울이자 이 가는 소리가 둘이 되어 있었다. 도철 녀석이 다시 잠든 모양이다. 네 햄버그는 날아갔다.

"그냥 우연이었으면 좋겠지만 이 타이밍에 전학 오다니 상당히 수상해. 텐료인 아기토라는 남자, 뭔가 비밀이 있을지도 모르겠어."

"도, 동감입니다."

"그렇지만 어디까지나 억측에 불과하다. 다들 지금은 시오리 일에 정신이 팔려 있겠지. 일단 이 건은 코바야시에게만 말해둘게. 오류에게 말하는 건 시오리의 상태를 확인한 뒤라도 늦지는 않겠지."

내가 "알겠습니다"라고 대답하자 아오가사키의 표정이 부드러워졌다. 어째서인지 아오가사키는 한참 내 얼굴을 바라본 뒤에 갑작스레 부자연스럽게 헛기침을 했다.

"그, 그런데 코바야시. 사실은 한 가지 더 신경 쓰이는 일이 있어."

"뭡니까?"

"이건 텐료인이 아니라…… 리나 얘긴데."

"쿠로가메요?"

쿠로가메가 어쨌다고? 설마 역시 삼 공주를 패주고 싶다는 소리를 했나?

"리나는 너를 '잇군'이라고 부르지? 나나 오류조차 너를 애칭으로 부르지 않는데…….그게 이전부터 마음에 걸렸다."

"아니, 딱히 다른 뜻은 없을 텐데요? 쿠로가메는 붙임성 있는 성격이니까……. 처음 만났을 때부터 '잇군'이었어요."

"물론 이해한다. 그런 걸로 정색할 마음은 없어. 다만 조금 부러……워서."

"네?"

"나도 단둘이 있을 때는 코바야시를 특별한 이름으로 부르고…… 싶어서."

조금 전까지 야무졌던 '참무의 검사'가 이상할 정도로 우물쭈물했다.

큰일 났다. 수상한 움직임을 보이는 자가 여기에도 있었다!

듣자 하니 아오가사키는 최근에 요리 공부를 힘쓰고 있다고 한다. 단순한 취미가 아니라 '신부수업'이란다.

대체 어디로 시집을 갈 생각이란 말인가……. 생각만으

로도 무섭다.

"이를테면 '왕왕'은 어떨까."

그만두세요. 개 같으니까.

"아니면 '치로링'은 어떨까? 이치로니까."

그만두세요. 야바위(친치로링) 같으니까.

"아, 저기요, 지금까지처럼 코바야시가 좋지……."

"그러면 헷갈리지 않을까? 언젠가 나도 코바야시가 될 지도 모르는데."

역시 나였냐! 나한테 시집올 생각이었냐! 오늘부터 유키미야와 동거하려는 바람둥이에게!

"자, 잠깐만요, 아오가사키 선배! 결혼 이야기는 배틀 스토리에서 사망 플래그——."

내가 아오가사키를 필사적으로 말리고 있을 때, 내 안에서 두꺼운 아저씨 목소리가 들렸다. 혼돈의 목소리다.

"오, 도령, 언제까지 질질 끌 생각이야? 얼른 쓰러뜨리고 가슴을 주물러. 상대도 그걸 기다리고 있잖나."

당연히 혼돈의 목소리는 아오가사키에게도 들렸고 그녀의 얼굴이 단숨에 새빨개졌다. 자신의 G컵을 숨기듯 양팔로 감싸고 나한테서 재빨리 떨어졌다.

"뭐, 뭐야…… 설마 그 목소리는 【마신】 혼돈인가?! 중학생인 쿄카에게 목맨다는 【로리콘 마신】인가!"

"누가 로리콘이냐. 인사가 너무 심하잖아, 【청룡】."

그러고 보니 이 두 사람이 얽히기는 처음이었나. 설마

이런 형태가 될 줄은…….

"나와라 혼돈! 그 천박한 근성을 내가 바로잡아 주마!"

"네놈의 상대는 이 몸이 아니라 도령이잖나. 자, 거기 풀숲에서 해치워. 피임은 잘하라구?"

"우, 웃기지 마! 첫 경험이 야외라니 아오가사키류의 불명예다!"

그런 문제가 아니지만 지적할 여지는 없다. 아오가사키는 완전히 발끈했다. 혈기가 넘치고 있다.

"설령 상대가 코바야시라 할지라도 내가 손쉽게 일선을 넘을 거라고 생각하나!"

"검사한테는 언제 어디서든 싸울 수 있는 정신이란 게 있잖아. 야외 결투 따위, 이상할 것도 없지."

"네 이놈, 묘하게 설득력 있는 소리를…….."

아오가 사키가 나에게 목도를 겨누었다.

나는 사태를 수습하기 위해 일단 혼돈을 질책했다.

"이봐 아저씨! 됐으니까 들어가 있어! 밤까지 자라고!"

"텟짱이 이가는 소리가 시끄러워서 잠이 깨버렸어. 그보다 도령, 오늘 저녁은 뭐지?"

"그 얘기는 벌써 했어! 햄버그라고!"

"햄버그인가. 이 몸이 특별히 좋아하는 음식이다."

"너도냐! 아무튼 더 이상 아오가사키 선배를 희롱하지 마! 네 연애 관념은 초등학생 수준이었을 텐데!"

"그건 쿄카땅에게만 적용되는 관념이다. 고3 할망구는

내 영역이 아니야."

다음 순간 내 정수리에 목도가 날아왔다.

"누가 할망구냐아아――!"

나는 간발의 차이로 참격을 피하고 허둥지둥 공원 안을 뛰어다녔다. 목도 끝이 몇 번이나 부웅부웅 하고 뒤통수를 스쳤다.

"진정하세요, 아오가사키 선배! 나까지 공격하지 말라고요!"

"수풀로 와! 거기에 송장을 묻어주마!"

점심시간 옥상에서는 류가가 있었지만 지금은 '참무의 검사'를 진정시킬 사람이 없다. 덤으로 주변에 다른 사람들도 없었다.

그 결과 나는 자력으로 아오가사키를 달래는 수밖에 없었다.

머리에 혹을 3개나 만드는 처지가 되었다.

……폭력적인 히로인은 싫어하는 사람도 많다고.

제2장 숙주님 어서 오세요

1

간신히 아오가시키의 흉검에서 벗어나 허둥지둥 집으로 돌아온 뒤.

저녁 식사와 숙제 등등을 마치고 슬슬 저녁 8시가 되려는 무렵에—— 집 초인종이 띵동 하고 울렸다.

"……왔구나."

거실에서 만화잡지를 읽고 있던 나는 잡지를 덮어놓고 자리에서 일어났다.

차를 마시던 미온도 천천히 찻잔을 테이블에 내려놓았다. 뒹굴며 텔레비전을 보던 키키도 벌떡 몸을 일으켰다.

……그 손님이 유키미야라는 건 굳이 말할 것도 없었다. 물론 두 사람에게도 이미 설명을 마쳤다.

백로 사도가 조금 전까지 복도를 걸레질한 이유도, 에조늑대 사도가 괴수 소프비를 어지러뜨리지 않은 것도 그 때문이었다.

"솔직히 내키지 않아……. 또 사신과 함께 산다니."

"할 수 업쭙니다. 키키는 유키미야에게 골절을 치료받은 빚이 이쭙니다."

투덜거리는 두 사람을 데리고 잰걸음으로 현관으로 갔다.

'굳이 따지면 제일 불만스러운 건 유키미야겠지. 혈연도 아닌 남자가 셋이나 있는 집에서 지내야 하니까……. 게다가 그중 둘은 【마신】이고…….'

유키미야가 꽁무니를 빼지 않도록 【마신】들에게는 들어가 있으라고 했다. 도착할 때 정도는 조금이라도 그녀의 긴장을 풀어주려는 배려였다. 그러나.

"안녕하심까 이치로 성! 한동안 신세지겠습메!"

현관에 쏙 들어온 사람은 톳코였다. 말투 이전에 목에 건 덩굴무늬 보자기 때문에 한눈에 봐도 알았다.

그걸 본 미온과 키키가 내 등 뒤에서 서둘러 한쪽 무릎을 꿇었다.

"톳코 님, 오셨습니까. 어서 들어오십시오."

"좁고 더러운 집입미다만."

그런 그녀들에게 톳코가 "예의 차릴 것 없습메"라며 인사했다.

이어서 주리가 현관으로 들어왔다. 커다란 캐리어를 데굴데굴 굴리면서 말이다.

아마도 유키미야의 짐을 들어준 거겠지. 얼굴이 불만스러운 건 그게 톳코가 아니라 '축명의 무녀'의 짐이라서 그럴 거다.

"이치로 님, 다녀왔습니다. 택시비는 유키미야가 냈고…… 당분간의 생활비도 받았습니다."

이럴 수가 생활비라니……. 유키미야는 우리를 배려한

모양이다. '상암의 혈족'도 보고 배웠으면 좋겠다.

그 뒤로 톳코를 데리고 거실로 돌아가 먼저 잡담이라도 하려던 순간.

"그럼 내는 들어가겠슴메. 뒷일은 시오리짱이랑 이야기하시오."

그렇게 말한 톳코를 향해 삼 공주가 "네?" 하고 사이좋게 한목소리로 되물었다.

"유키미야로 바뀌는 건가요? 아직 톳코 님께 제대로 된 대접도 못했는데요⋯⋯."

"맞습니다. 이 주리, 되도록 절벽 가슴 소녀와는 얽히고 싶지 않사옵니다만⋯⋯."

"이 집에서는 계속 톳코 백작이었으면 좋게쯥니다."

삼 공주의 말에 톳코는 고개를 휙휙 흔들었다.

⋯⋯나는 요새 얼굴만 봐도 유키미야인지 톳코인지 판별할 수 있게 되었다. 톳코가 나올 때는 어쩐지 표정이 '천진'하다. 볼에 골뱅이 무늬가 있는 것처럼 보인다.

"내는 어디까지나 첫인사만 하고 싶었을 뿐이오. 너무 나서면 시오리짱에게 폐를 끼침메."

"⋯⋯⋯⋯."

"물러나 있어도 모두의 이야기는 들을 수 있소. 그럼 이만!"

톳코가 한 손을 척 든 직후 느닷없이 유키미야의 얼굴이 멍하니 얼이 빠졌다.

나, 미온, 주리, 키키를 차례대로 둘러보더니 이내 등을 꼿꼿하게 세운다. 어떤 상황인지를 파악한 모양이다.

"그, 그런 이유로 한동안 잘 부탁드립니다……."

바닥에 손가락 세 개를 짚고 고개를 깊이 숙인 유키미야. 예의가 바른 건 좋지만 그건 시집온 사람이 하는 거 아닌가? 부디 코바야시 성만은 붙이지 말기를 바란다.

"유키미야, 그렇게 긴장하지 않아도 괜찮아. 네가 기르는 토끼의 집이라고 생각하고 편하게 있어."

"아, 네. 그리고…… 간밤의 일은 톳코가 일기로 가르쳐 주었습니다. 달려온 히노모리 일행의 공격을 받았는데 삼 공주가 도와주고, 그 뒤 세바스찬이 집까지 바래다주었다고…… 삽화도 넣어서 알기 쉽게 적어주었어요."

또 삽화를 넣었나. 설명의 수고가 주는 건 고맙지만 삼 공주와의 동거도 들켜버린 게 분했다.

역시 먼저 그걸 설명해야 할까……. 그렇게 생각했을 때였다.

이어서 유키미야가 다시 삼 공주들에게 말했다.

"미온, 주리, 키키. 공동묘지에서는 감사했습니다. 답례는 언젠가 반드시……."

"신경 쓰지 마. 너가 아니라 톳코 님을 지켰을 뿐이니까."

여전히 모범적인 츤데레 대답을 하는 사이드테일 소녀.

그런 미온에게 다시 한번 인사를 하더니 무슨 영문인지 유키미야가 확 달라져 안절부절못하기 시작했다.

아무래도 묻고 싶은 게 있는데 망설이는 모양이다. 화

장실이라면 복도를 나가 바로 있지만 가르쳐주는 편이 좋을까.

"아, 그리고 먼저 확인해두고 싶은 게 있습니다만⋯⋯."

"뭐야."

"삼 공주가 살 곳이 없어 하는 수 없이 여기에서 산다는 이야기는 들었습니다만── 당연히 코바야시 씨와 방은 따로 쓰겠지요? 같은 방에서 자는 건 아니겠죠?"

그 질문에 대답한 사람은 미온이 아니라 금발 미녀였다.

"안심해. 우리 방은 각자 따로 있어. 2층에는 이치로 님 개인 방 말고도 방이 3개라서 거기를 쓰고 있지."

그렇게 말하면 부잣집 같겠지만 2층 방은 모두 좁다. 창고보다 조금 큰 정도다. 가장 큰 내 방조차 고작 3평이니.

그러자 유키미야가 휴~ 하며 안심했다. 뭐야, 그런 걸 신경 썼던 거야?

"그런가요, 안심했──."

"단 밤일은 하지만. 날마다 이치로 님 침대에 숨어 들어가지. 아, 당신한테는 상관없는 이야기이려나."

"바, 밤일?!"

눈을 부릅뜬 '축명의 무녀'에게 요염하게 미소 짓는 킹코브라 사도. 그러곤 내 옆으로 다가오더니 나에게 착 달라붙었다. 심술궂은 얼굴이었다.

"이치로 님은 우리 주인·도철 님의 그릇. 성욕을 처리하는 것도 우리의 책무인걸. 특히 I컵을 자랑하는 내 책무지."

"뭐, 뭣……!"

"침대에서의 이치로 님은 굉장히 사나우시다니까. 당신, 본 적 있어?"

"크, 크윽……!"

"특히 허리를 흉악할 정도로 격렬하게 쓰신다니까. 당신, 시승한 적 있어?"

"시승?!"

"정말이니 로데오머신처럼 상하좌우 구웡구웡……. 비명이 나오는 놀이기구 같다니까. 나는 그 움직임을 구인구인사라고 이름──."

"부, 불순해요, 코바야시 씨! 파렴치해요!"

새빨개진 유키미야가 격분하며 일어났다.

그와 동시에── 정원에서 요란한 소리가 들리기 시작했다.

아차, 적의 기습인가! 하고 서둘러 커튼을 걷자…… 정원 나무와 잡초가 죄다 꿈틀거리고 있었다. 바람도 불지 않는데.

'이거 혹시 유키미야의 이능력인가?!'

유키미야는 치유 능력 말고도 초목을 조종하는 '수박살'이라는 필살기가 있다. 하지만 톳코가 깨어난 탓에 능력을 한동안 쓸 수 없을 터였다.

설마…… 힘이 돌아온 건가?!

"유키미야! 정원을 봐! 저건 네──."

"코바야시 씨! 설명해주세요!"

나와 유키미야가 동시에 외쳤다. 바라보니 그녀는 어깨를 부들부들 떨면서 나를 노려보았다.

"삼 공주와 동거만으로도 문제가 있는데, 당신이라는 사람은 주리와 부적절한 행위까지 하신 건가요!"

"아니, 유키미야 이능력이!"

"역시 당신도 큰 가슴이 좋은 겁니까! 메이저파였습니까!"

"저기, 초목 말이야, 봐!"

"설마 밤마다 보건교사와 마구 그런 짓을 했다니! 맥과이어도 깜짝 놀랄 거예요!"

마크 맥과이어. 한때 메이저리그에서 활약한 강타자다. 메이저에 소속되어 있었지만, 그가 글래머를 좋아하는지는 알 수 없다. 조사할 마음도 없다.

"불순 이성 교제 따위 용서할 수 없습니다! 그런 건 보고 싶지도 않습니다!"

"아니, 들어봐! 흔들린다고! 네가 흔든 거라고!"

"저는 흔들릴 정도로 크지 않습니다! 미안하군요!"

"가슴 얘기 말고! 이능력이 돌아왔다고…… 크헉!"

말도 끝나기 전에 유키미야의 오른쪽 스트레이트가 날아왔다. 시야에 불꽃이 튀고 코피가 뿜어져 나온다. 보통은 뺨을 때리지 않아? 폭력 히로인은 싫어하는 사람이 많대도!

"이봐 주리, 이제 심술 그만 부려. 피를 봤잖아."

"집사인 루니에와도 사이가 나쁘고, 주리는 유키미야 그룹의 천적입니다."

……그 뒤. 간신히 오해를 푸는 데 성공해 유키미야는 흥분을 가라앉혔다.

"죄, 죄송해요, 코바야시 씨. 농담인 줄 모르고 뱀 여자의 교활한 책략에 그대로 놀아나서……. 코피, 괜찮으세요?"

부끄러운 듯 사죄하고 내 코에 손바닥을 살며시 대는 '축명의 무녀'.

부활한 치유 능력이 이런데 도움이 되다니.

2

그 뒤에 다시 시작하듯이 다 함께 일단 테이블을 둘러싸고 앉기로 했다.

유키미야에게 양해를 구하고 도철과 혼돈도 나오게 했다. 내 뒤에 상반신만 나타난 【마신】 두 사람에게 유키미야는 당황하면서도 인사했다.

"안녕하세요, 도철 씨. 잘 지내시는 것 같아 다행이에요."

"안녕, 유키미야. 너도 참 힘들겠다."

"아뇨…… 그리고 혼돈 씨, 일단은 처음 뵙는다고 해야 할까요."

"그래. 너랑은 하천부지에서 한 번 붙었을 뿐이니까. 이게 이 몸의 평소 모습이다. 텟짱과 달리 자유롭게 돌아다닐 수가 없어서 말이지."

그러고 보니 혼돈은 유키미야와도 처음 엮이는 거였나. 아무쪼록 아오가사키 때 같은 실례는 저지르지 않기 바란다. 한동안 함께 살 거니까.

······내가【마신】들을 부른 데에는 이유가 있다.

점심에 깨달은 '톳코를 절복하기 위해 힘을 소모시키려는 계획'이 파탄 난 사실을 모두에게 알릴 필요가 있었기 때문이다.

이제 류가와 톳코를 싸우게 할 수 없다······. 그 유감스러운 알림을 침통한 얼굴로 일동에게 이야기했다.

"뭐야 도령. 너, 톳코를 봉인할 생각이 아니었던 거나."

이 계획의 결점을 이미 알고 있던 이가 한 놈 있었다. 혼돈이다.

"아, 알아차렸어? 혼돈 아저씨."

"그야 그렇지. 힘을 소모한【마신】은 숙주에게 생명력을 통째로 빼앗아버리니까. 그걸 막기 위해서는 잠드는 수밖에 없어. 바보라도 알 얘기다."

"크윽, 반론의 여지가 없군······."

"그러니까 히노모리와 싸우게 하는 계획은 당연히 톳코의 봉인이 전제라고 생각했는데. 너는 중요한 부분에서 멍청한 짓을 하는구나."

이 또한 대꾸할 길이 없다. 생각하면 혼돈은 자신 탓에 사랑하는 쿄카의 생명을 위험에 처하게 했다. 이 건에 관해서는 민감한 게 당연하다.

"도령, 상관없잖아. 이제 톳코와는 화해한 거나 마찬가지지? 잠재우더라도 특별히 문제 따위——."

"아, 안 됩니다. 톳코는 봉인하지 않을 겁니다."

거기서 유키미야가 황급히 이야기에 끼어들었다.

왔을 때는 교복 차림이었지만 지금의 그녀는 실내복으로 갈아입었다. 얇은 튜닉에 레깅스, 뜻밖에 캐주얼한 차림이다.

"톳코가 인간과 화해를 바라는 이상 그럴 필요는 없지 않나요. 저는 톳코가 인간계를 더 알아주기 바랍니다. 인간을 좋아해주기 바랍니다."

진지하게 호소하는 '축명의 무녀'를 보며 혼돈이 머리를 긁적거린다. 언제 봐도 산적 같은 모습이다.

"이봐, 【백호】. 굳이 그렇게까지 톳코 편을 들 거 없잖아? 너희는 어제 메시지 비디오로 안면을 텄을 뿐이잖나."

"시간은 관계없어요. 저는 몇십 번이나 톳코와 필담을 나누었습니다. 그 대화 속에서 생각했습니다. 그녀를 【마신】이라고 인식하는 건—— 잘못이 아닐까."

"【마신】이 아니라면 뭐라는 거야."

당사자인 【마신】에게 추궁당해 유키미야가 "그건……" 하고 말을 흐린다. 자신의 마음을 정리하듯이 말없이 생각한 다음 이윽고 그녀는 더듬더듬 말했다.

"톳코를 향한 지금의 심정을 솔직히 말하면…… 여동생

이 생긴 느낌일까요."

그 발언에 혼돈은 입이 떡 벌어졌다.

옆에서 도철도 떡 벌어졌다. 그리고 미온, 주리, 키키도 떡 벌어졌다.

"저는 외동이라서 줄곧 형제·자매라는 존재를 동경했어요. 톳코는 솔직하고 귀여워서 어쩐지 제가 언니가 된 것 같아요······."

"머, 멋대로【마신】님을 여동생 삼지 마."

"정말이지 얼마나 뻔뻔한 거야?"

"어이없이 거만합니다. 이러니까 부르주아는 실쭙니다."

유키미야의 문제 발언에 곧바로 삼 공주가 항의했다. 무리도 아니다. 자신들의 왕을 하필이면 여동생처럼 대했기 때문이다. 오랜 세월의 숙적이 말이다.

"하지만 그게 솔직한 심정이에요. 그렇기에 저는―― 톳코를 '절복'하고 싶습니다. 필담에 의지하지 않고 얼굴을 마주하고 그녀와 이야기할 수 있도록."

"············."

"언젠가는 부모님께 부탁해서 톳코를 유키미야 가문의 양녀로 삼는 것도 생각하고 있어요."

"머, 멋대로【마신】님을 양녀로 삼지 마!"

"엄마였다가 언니였다가, 적당히 해 사신!"

"대신에 도철 남작을 가져가십찌오!"

"왜 나야! 쓸데없는 애 취급하지 마!"

다시 시끌시끌 항의하는 삼 공주를 "진정들 해" 하고 다
독이고 하는 김에 도철을 "그 건은 일단 생각해줘"라고 다
독이고, 나는 유키미야를 바라보았다.

어쨌거나 톳코는 현재 상태로는 유키미야에게 맡기는
수밖에 없다. 쿄카에게 떠넘긴다는 폭거는 당치 않은 일이
고, 혼돈이 용인할 리도 없다.

"유키미야. 네 마음은 알지만…… 풀파워 상태의 톳코를
'절복'하는 건 간단한 일이 아니야. 그래도 할 생각이야?"

"네, 맡겨주십시오. 그러니까 코바야시 씨, 그때는——
히노모리 군과 다른 분들께 제가 직접 톳코를 소개하는 걸
허락해주시겠어요."

"그때까지는 톳코의 처우를 보류해도 된다고?"

"네. 저는 언니로서 책임을 지고 직접 톳코를 소개하고
싶습니다. '절복'은 그러기 위한 가장 확실한 증거가 될 테
니까요."

……그녀가 그렇게까지 톳코에게 애착이 생겼다면 그
마음을 존중하자.

틀림없이 유키미야가 톳코를 '절복'해주리라 믿자.

그릇이 【마신】을 제압하기 위해 필요한 건 강인한 정신
력……. 즉, 다름 아닌 강한 의지다. 유키미야가 지금까지
이상으로 톳코와 마음을 통하면, 어쩌면 어떻게 될 가능성
도 있지 않을까? 다분히 희망적 관측이지만.

'그렇게 되면 눈앞의 적은 역시 궁기와 아기토인가…….

축제 이벤트를 소화하고 나서 그대로 제3부로 돌입할 수 있을 것 같군.'

내가 그런 계산을 하고 있을 때였다.

갑자기 유키미야가 또 등을 꼿꼿하게 펴고 자세를 바로 했다. 지금까지보다 더욱 진지한 표정이다.

"그런데 저기…… 한 가지 더 부탁이 있는데 들어주시겠어요."

일동이 주목하는 가운데 도철만이 말없이 아래를 보았다.

양자로 보내려고 해서 삐쳤나 했더니, 아까 내가 읽던 만화잡지로 시선을 떨어뜨리고 있었다. 벌써 이 회의에 질린 모양이다.

"만약 또 우리 앞에 세바스찬이 나타난다면…… 부디 전투를 피하고 싶습니다. 딱 한 번만 그와 다시 이야기를 나누게 해주세요."

"유감이지만 그건 승낙하기 어려워."

유키미야의 간절한 바람을 그 자리에서 일축한 자가 있었다. 유키미야 그룹의 천적인 킹코브라 사도였다.

"녀석의 이번 행동은 톳코 님도 화나셨어. 그렇다면 우리 삼 공주에게 루니에는 숙청 대상……. 대화 따위 필요 없어."

개인적인 원한이 꽤 들어간 것도 같지만 확실히 톳코는 루니에의 독단 행동에 화가 났다. 궁기와의 동맹 따위 그녀는 바라지 않으니까.

"당신도 루니에게 다 들었지? '저는 이제 세바스찬으로 있을 수 없다'고. '주군을 위해서라면 당신을 이용하고 없애는 것도 거리끼지 않는다'고. 슬슬 받아들여 유키미야. 너는 배신당한 거야."

통렬한 주리의 말에 유키미야가 "하지만" 하고 테이블로 몸을 내밀었다.

"저랑 세바스찬은 17년이나 함께였어요! 가족이나 다름없는 존재예요! 간단히 적이라고 내칠 수는……."

미모를 비통하게 일그러뜨리며 입술을 꽉 깨무는 유키미야.

한때는 나도 루니에는 '세바스찬'을 버리지 않은 거 아닌지 생각한 적이 있다.

하지만 지금은 잘 모르겠다. 그 녀석은 지금도 유키미야을 소중히 여긴다…… 그렇게 단언할 자신은 솔직히 없다.

"그와 지낸 시간은 부모님보다도 깁니다. 외로울 때, 불안할 때, 늘 곁에 있어 준 사람은 세바스찬이었어요. 저에게 륙장·루니에는…… 역시 세바스찬입니다."

눈물을 글썽이는 유키미야에게 삼 공주가 난처한 듯이 얼굴을 마주 보았다.

이내 깊은 한숨을 쉬고 입을 벌린 사람은 미온이었다. 이럴 때 삼 공주를 대표해 의견을 내는 사람은 항상 백로 소녀다.

"유키미야, 말하고 싶지는 않지만 아마도 루니에에게는

네 말이 전해지지 않을 거야. 루니에는 톳코 님 이외의 존재를 벌레 정도로밖에 생각하지 않는 놈이니까."

"…………."

"인간뿐만 아니라 동포에 대해서도 마찬가지야. 어쩌면 다른 【마신】 님마저 포함되어 있을지도 모르지. 루니에는 누구보다도 긍지를 중요시하는 사도이고, 그 긍지는 모두——톳코 님을 향한 충성심으로 이루어져 있어."

"그러니까 팔걸 안에서도 어울리지 못해줍니다. 제대로 교류한 사람은 사이힐뿐입니다."

장수풍뎅이 승려, 의외로 사교성인 있나 보다. 난폭한 시마랑도 콤비를 짜고 있었으니 방어력만이 아니라 커뮤니케이션력도 높을지도.

무거운 공기가 한동안 거실을 지배하는 가운데.

"뭐 어때. 유키미야가 대화하고 싶다면 그렇게 하게 해줘."

침묵을 깨고 발언한 사람은 만화잡지를 탁 덮은 도철이었다.

"이야기해서 안 되면 유키미야도 납득하겠지. 이 정도 고집은 너그럽게 봐주라고. 이 집에 사는 이상 얘도 동료라는 걸 잊지 마."

"도철 씨……."

뜻밖에도 자신을 감싸준 도철 때문에 유키미야가 눈물을 더 글썽인다.

그러고 보니 도철은 한때 유키미야의 암흑요리를 전부

먹어치운 적이 있던가. 이 상황에서 또 호감도를 올리다니…… 진짜로 양자로 갈 생각일까.

"감사합니다. 역시 도철 씨는 멋진 【마신】이에요."

"됐어. 그런데 유키미야."

"네?"

"나, 가지고 싶은 게임소프트가 있어. 하지만 용돈이 부족해서 곤란하단 말이지. 이 난처한 상황을 어떻게 생각해?"

유키미야에게 대놓고 갈취를 시도하는 도철에게 혼돈이 곧바로 "속내를 너무 빨리 드러낸 거 아니냐" 하고 지적했다. 어차피 이런 결말일 거라 생각했다.

그렇지만 직속 주인인 도철의 의향이라면 삼 공주도 따를 수밖에 없다.

루니에가 무력행사로 나오지 않는 한 이쪽도 되도록 온건하게 대처하도록 주의한다……. 그런 방향으로 회의는 일단락되었다.

"유키미야, 앞으로 잘 부탁해. 이 거실이 침실이 될 텐데 괜찮을까."

"네, 괜찮습니다."

"가능한 한 빨리 루니에를 찾아내 이 집으로 한번 초대하자. 이 집에서 놈의 진의를 확인하고 유키미야와 대화의 자리도 세팅하는 거야……. 그때까지 견뎌줘."

"하나부터 열까지 신세를 지네요."

미안해하는 유키미야에게 키키가 곧바로 단호하게 말

했다.

"알겠쭙니까 유키미야. 이 집에서는 키키가 선배라는 점 잊으면 안 됩니다. 신입답게 공경하십찌오."

벌써 선배 행세를 하며 텔레비전 앞에 탈싹 앉는 에조늑대 사도. 그대로 리모컨을 눌러 녹화한 방송을 재생한다.

말할 것도 없이 《스펙터클맨》이다. 거대 히어로가 괴수와 싸우는 특촬방송으로 키키는 거기에 나오는 괴수를 각별히 아낀다.

지금 키키의 괴수 소프비 컬렉션은 10개 선반에 놓여 있다. 참고로 스펙터클맨 본인의 소프비는 가지고 있지 않다. 키키에게 스펙터클맨은 적이다.

"아, 스펙터클맨……."

이내 은색 거인이 화면에 나오자 그걸 본 유키미야가 불쑥 중얼거렸다.

"아심니까?"

키키가 놀라서 돌아보며 유키미야에게 물었다.

나도 적지 않게 놀랐다. 설마 세계적 기업 아가씨가 스펙터클맨 따위를 알다니.

"이 방송, 우리 계열 회사가 메인스폰서일 거예요."

"메, 메인슈폰셔……!"

키키가 눈을 동그랗게 뜨고 숨을 크게 삼킨다. 방송에서 스폰서는 신과 마찬가지―― 그건 바가지머리 꼬마도 알고 있는 것 같다.

그건 그렇고 몰랐다. 스펙터클맨은 유키미야 그룹의 제공으로 방송된 건가…….

"맞다, 저번에 비매품 소프비 인형을 받았어요. 아마 전광괴수 피카루볼이라고……."

"비, 비매품, 피카루볼……!"

이미 텔레비전은 뒷전이고 휘둥그런 눈으로 유키미야를 쳐다보는 폭장(暴將). 피카루볼은 잠깐 나와서 상품화되지 않은 괴수다. 키키는 그걸 늘 한탄했다.

"그, 그 피카루볼을…… 보여주실 수는 업쭙니까……."

"원한다면 드릴게요. 어젯밤의 답례로."

"유키미야 선배! 어깨를 주물러드리게쭙니다!"

한순간에 태도를 바꾼 키키를 보고 혼돈이 또 "속내를 너무 빨리 드러낸 거 아니냐" 하고 지적했다. 타산적인 놈들뿐이라 부끄럽다.

"미온! 유키미야 선배께 차를 내오십찌요! 과자도 내오십찌요!"

"나 참……. 장군이 너무 쉽게 굴하는 거 아냐? 미안하지만 유키미야, 너도 여기에 사는 이상 뭐든 역할을 맡아야 해. 우리 집은 일하지 않는 자, 먹지도 말아야."

"역할요?"

"그래. 잘하는 집안일 있어?"

"네, 요리를 조금……우웁."

"안 돼! 그것만큼은 안 돼!"

다음 순간 나는 전광석화로 유키미야의 입을 막았다. 이렇게 바쁠 때 일가가 모두 식중독에 걸릴 수는 없다.

어느새 주리 역시 나와 마찬가지로 '축명의 무녀'의 입을 틀어막고 있었다.

……그러고 보니 주리도 유키미야의 달걀부침을 먹은 적이 있었던가.

먹고 쓰러졌던가.

3

이튿날. 이상하게 길었던 월요일이 끝나고 아직 주 초반인 화요일.

나와 유키미야는 일찌감치 집을 나와 만약을 대비해 따로따로 등교했다.

따로따로라 해도 20m쯤 앞서 걷는 유키미야를 따라가는 모양새다. 그녀에게서 눈을 뗄 수는 없다. 통학 길 호위는 내 몫이다.

'루니에의 말을 믿는다면 지금 루니에에게는 부하가 없을 거야. 그렇다면 스스로 나타나는 수밖에 없다는 뜻이지. 자, 나와라. 접촉해, 올백의 초로 집사여!'

하지만 특별히 별일 없이 유키미야는 학교에 도착하고 말았다.

유감이다. 루니에가 태평하게 있으면 그만큼 유키미야

와 동거가 길어진다.

'세바스찬의 정체를 언제까지고 류가에게 덮어놓는 것도 바람직하지 않아. 신속하게 왕거미 사도의 속내를 떠보고 쓰러뜨려야 할지 말지를 확실히 해야 해…….'

그런 생각에 잠긴 채 유키미야보다 조금 늦게 학교로 들어간다. 나는 그대로 교실이 아니라 보건실로 직행했다.

오늘도 헤비즈카 선생님은 절찬 결근 중이다. 삼 공주에게는 루니에 수색을 부탁했다.

'이대로는 주리 녀석 월급도둑이 되겠어……. 하지만 지금 중요한 건 그게 아니지.'

보건실 문을 열었다. 거기에는 이미 유키미야가 기다리고 있었다.

그리고 그녀를 둘러싸듯이 히노모리 류가, 아오가사키 레이, 엘미라 매카트니, 쿠로가메 리나의 모습도 보였다.

주인공과 히로인들……. 이 이야기의 메인 캐릭터가 모두 모였다. 소집한 사람은 유키미야지만. 그렇게 하도록 지시한 사람은 나지만.

"아, 이치로. 봐, 시오리가 학교에 왔어!"

류가가 기쁨에 눈을 빛내며 말한다. "알아. 집에서부터 따라왔으니까"라는 말을 할 수 있을 리 없으니 아무튼 나도 "오오, 유키미야!" 하고 눈을 반짝였다.

아오가사키, 엘미라, 쿠로가메도 건강해보이는 유키미야를 보고 한시름 놓았다. 엘미라는 사정을 다 알고 있었지만, 걱정은 했겠지. 좋아, 여기까지는 예상대로다.

"시오리. 생각보다 안색이 좋아서 안심했다만, 몸은 괜찮은 거야?"

"네, 레이 씨. 어젯밤에 이능력도 부활했습니다. 다시 전투에 나설 수 있어요."

"무리할 필요 없어요. 얼굴을 본 것만으로도 충분하니."

"후훗. 엘미라 씨께 그런 말을 들으니 어쩐지 낯간지럽네요."

"그보다 시오짱! 【마신】 도올은 어쩌고 있어? 빨리 두들겨 패주고 시오짱한테서 쫓아내야지!"

"지, 진정하세요, 리나 씨. 이렇게 여러분께 모여달라고 한 까닭은 도올 이야기를 하기 위해서니까요."

……그렇다. 류가와 히로인들을 불러 모은 이유.

한동안 톳코 건을 미뤄두기로 하고 당장은 【마신】 궁기로 시선을 돌린다. 하는 김에 축제에도 시선을 돌리게 한다……. 그러기 위한 미팅이다.

어젯밤 늦게까지 이야기를 나눈 끝에── 나와 유키미야는 톳코를 일단 '적인지 아군인지 모를 중립 【마신】'으로 하기로 했다.

이미 제3부 최종 보스를 궁기로 하는 것은 거의 결정된 사항이다. 그렇다면 류가에게도 그럴 마음의 준비를 해두었으면 한다. 유키미야의 전열 복귀도 인정받을 필요가 있다.

중요한 건 '먼저 토벌해야 할 적은 궁기다'라는 지침. 지금부터 그 이야기를 할 것이다.

"여러분, 이걸 봐주세요."

유키미야가 의미심장하게 주머니에서 편지 하나를 꺼냈다.

"시오리, 그게 뭐지?"

"도올의 메시지입니다. 아무래도 제가 의식이 없는 동안에 남겨놓은 것 같아요."

편지를 건넨 류가가 머뭇거리며 내용을 읽었다.

히로인들과 나도 머리를 맞대고 편지를 들여다보았다. ……하지만 사실 무슨 내용인지는 이미 알고 있었다. 이 글의 초안을 쓴 게 바로 나니까.

'히노모리 류가와 사신들에게 고한다. 나는 도올── 사흉 최강의 【마신】이라 한다.'

편지는 불손한 인사로 시작했다.

쓸 때 도철과 혼돈에게 "사흉 최강은 나다!"하고 클레임을 걸었지만 각하했다. 허세는 중요하다.

'네놈들이 나의 동포·혼돈과 도철을 쓰러뜨린 사실은 이미 안다. 요행이라 해도 적이지만 훌륭하다 칭찬해주마.'

류가가 "꽤나 우습게 보였군……" 하고 중얼거렸다. 달필이라서 더욱 화가 나겠지. 참고로 유키미야가 대필해주었다.

'어차피 네놈들은 나에게도 도전할 심산이겠지. 네놈들

상대는 흔쾌히 해주마……. 그러나 그 전에 네놈들에게 전해두고 싶은 말이 있다. 지금 이렇게 붓을 잡은 까닭은 그런 연유이다.'

류가와 히로인들이 일제히 눈살을 찌푸리는 게 느껴진다. 좋아, 물었다.

'잘 들어라. 나는――인간계를 침략할 생각이――별로 ――없다.'

아차. '――'를 너무 많이 썼다.

라노벨 같은 데서는 중요한 부분에 자주 이 줄을 쓴다만……. 너무 많이 쓰면 도리어 읽기 어렵다는 걸 새삼 깨달았다.

'나는 태고부터 수없이 인간계를 위협하며 네놈들의 선조와 싸웠고, 그때마다 패했다. 【황룡】과 사신의 힘……. 적이지만 훌륭하다 하지 않을 수 없다.'

아차. '적이지만 훌륭하다'를 두 번이나 썼다.

작문 실력도 없으면서 계속 어려운 표현을 쓰려고 한 게 잘못이었다. 나의 빈약한 어휘력이 한탄스러울 따름이다.

'오랫동안 전쟁을 반복하면서 나는 인간을 인정하기로 했다. 네놈들에게 기묘한 정마저 느꼈다. 적이지만 훌륭하다.'

악몽 같은 '훌륭하다' 3연발이었다. 말도 안 돼, 내가 이렇게 썼다고?

'제대로 퇴고해야 했어……. 유키미야도 지적해주면 좋

았을 텐데…….'

아무래도 류가도 신경 쓰였는지 "훌륭하다는 칭찬이 많네……" 하고 중얼거렸다. 달필이라서 더욱 바보같이 보이겠지.

'하지만 궁기는 관용을 베풀【마신】이 아니다. 잔인하고 비열한 성격이다……. 이번에야말로 인간계에 군림해 인류를 멸망시키고 진혼가를 연주하고자 획책하고 있을 터. 이 내가 인간을 인정했건만…… 몹시 괘씸하다.'

좋아. 이 부분은 잘 썼다. 내가 썼지만 훌륭하다.

'히노모리 류가여—— 동료인 사신들이여—— 보기 좋게 궁기를 이기고 인간의 강인함을 다시 나에게 증명하라. 나는 그 전투에—— 절대로 간섭하지 않을 것을 약속한다. 그리고—— 네놈들이 승리한 그날에는—— 화해 교섭 자리에 설 것도—— 더불어 약속하마——.'

류가와 히로인들이 숨을 삼키는 게 느껴졌다.

마지막에 가로줄의 난무도 딱히 신경 쓰지 않는 것 같았다. 문장 따위, 뜻만 전달되면 그만이다. 현대국어 진짜 싫다.

'그때까지는 유키미야 시오리를 돌려놓겠다. 나의 그릇, 부수지 말지어다. 후슈루슈루…….'

편지는 거기서 끝났다. 다들 어찌어찌 좌절하지 않고 끝까지 다 읽어준 모양이다.

보건실 안에 긴 침묵이 찾아왔다.

일동이 저마다 편지를 다시 읽는 가운데 아오가사키가 불쑥 류가에게 물었다.

"류가, 어떻게 보지? 【마신】도올의 말을 믿을 가치가 있다고 생각하나?"

"글쎄……. 하지만 만약 이 편지가 사실이라면, 도올과 화해할 수도 있겠는데."

그 순간 유키미야와 엘미라가 시선을 교환하고 함께 고개를 작게 끄덕였다. 뱀파이어가 한편이란 사실은 당연히 유키미야도 알고 있다.

한편, 쿠로가메는 고개를 갸웃하면서 마지막 문장을 지적했다.

"이 후슈루슈루는 뭐지?"

"아마 웃음소리겠지. 기분 나쁜 【마신】이야……."

나는 곧바로 그런 주석을 달았다. 아직 '이야기'에서는 아군이 아닌 【마신】이기 때문에 오싹한 분위기를 남기고 싶었다.

"편지로 웃다니 재밌네. 어떤 표정으로 후슈루슈루 하고 썼을까."

연출 의도와는 반대로 쿠로가메가 폽 하고 웃음을 터뜨렸다.

너무 괴이했나. 톳코에게 "내는 이렇게 안 웃습메! 날조입메!"라는 불평을 들어가며 억지로 쓴 회심의 웃음소리였건만.

……여전히 고요한 실내. 어느새 바깥에서 학생들 떠드는 소리며 발소리 같은 소음이 들려오고 있었다. 시간이 다 된 모양이다.

"여러분. 그릇인 제가 말하는 것도 이상하지만……. 아뇨, 그렇기에 말할 수 있는지도 모르겠습니다만……. 아마도 이 편지는 도올의 거짓 없는 본심일 거라 생각합니다."

유키미야의 말에 잠자코 귀를 기울이는 류가와 히로인들.

"도올이 인간계에서 손을 뗄 의사가 있다—— 혹시 삼공주는 그 사실을 알았던 거 아닐까요? 그래서 전날 공동묘지에서 도올을 감싼 게 아닐까요?"

"흠……."

"궁기 또한 도올이 마음을 바꾼 걸 눈치챘다면……. 어떻게든 화해 교섭을 저지하고 싶었을 겁니다. 굳이 히노모리 군을 공동묘지로 불러낸 까닭은 우리가 도올과 대화를 하기 전에 적대 관계를 만들어 놓으려는 수작이 아니었을까요?"

역시 유키미야다. 내가 짠 대사를 커닝페이퍼도 없이 술술 말했다. 국어책 읽기가 아니라 제대로 자기 말로 말이다.

"다시금 여러분께 부탁드립니다. 도올 문제는 저에게 맡겨주시지 않겠어요? 저는 '축명의 무녀'의 이름을 걸고 반드시 도올을 '절복' 하겠습니다. 제가 도올을 제어할 수 있게 되면…… 그녀는 더 이상 인류의 적이 아니니까요."

그렇게 말을 마치기를 노렸다가 나는 내 안을 향해 "좋아 지금이다! 출격!" 하고 외쳤다.

곧바로 내 등 뒤에 도철과 혼돈이 상반신을 드러내고 어젯밤에 연습시킨 말로 유키미야를 지원 사격했다.

"나, 나도 도철은 거짓말하지 않았다고 생각한다."

"그 녀석은 옛날부터 우리 넷 중 가장 얌전한 녀석이었으니까. 인간이랑 싸우는 것도 이제 질린 거 아닐까?"

"나, 나도 그렇게 생각한다."

"나는 궁기 녀석을 먼저 쳐부수는 쪽이 좋다고 생각한다. 지금 인류에 적개심을 품고 있는 건 그 녀석뿐이니."

"나, 나도 그렇게 생각한다."

"뭐, 이 몸들이 할 수 있는 말은 이 정도다. 실례했군."

순조롭게 할당량을 소화하고 곧바로 들어가는 【마신】 2명.

도철의 연기는 끔찍할 정도였다. 대사 대부분을 혼돈에게 준 건 현명한 판단이었다.

'너, 긴장해서 잔뜩 쫄았지? 한심하기는.'

'내버려둬! 제길, 모처럼 류가땅이 있는데 유키미야와 엘미라 앞이라서 여자애로 대하지도 못하고…….'

머릿속에서 들리는 두 사람의 대화를 무시하고 이번에는 내가 직접 강력하게 호소했다.

"나는 도올을 믿어도 된다고 생각해. 공동묘지에서 도올은 너희를 공격하지 않았잖아. 그건 즉 편지의 내용이 사실이란 뜻이 아닐까? 섣불리 공격해서 교섭 기회를 날리는 건 좋은 선택이 아니야."

류가가 "그렇지……" 하고 중얼거리며 팔짱을 낀 채 생각에 잠겼다.

"그렇게 생각하면 도올이 반격하지 않았던 것, 삼 공주가 놈을 감싼 것…… 모두 앞뒤가 맞는군."

"마, 맞아요. 삼 공주가 이제 와 저희랑 적대한다는 건 아무래도 믿을 수 없어요. 인류와의 공존을 바라는 시즈마를 슬프게 할 테니까요."

마지막으로 엘미라의 대사로 '극단 · 코바야시 일가'의 각본은 모두 종료했다.

"시즈마는 엘짱이 숨기고 다녔지? 깜짝 놀랐어. 뱀파이어와 사도의 혼혈이라니."

"나는 코바야시가 양아버지라는 사실이 더 놀라웠는데."

그렇게 속닥속닥 이야기를 주고받는 쿠로가메와 아오가사키를 무시하고 이내 류가가 고개를 들었다.

이제 주인공의 판단에 달렸다. 어떤 결정을 내리든 나는 받아들일 생각이다.

"도올의 말을 믿어보자."

무의식중에 나는 남몰래 주먹을 꼭 쥐었다. 역시 류가다!

살펴보니 유키미야와 엘미라도 똑같은 포즈였다.

"다들 그래도 괜찮아?"

당연히 이견은 없다는 듯이 수긍하는 아오가사키와 쿠

로가메. 아마도 그녀들은 도올보다 류가를 신뢰하는 거겠지. 히노모리 류가의 검으로서. 방패로서.

——이것으로 '제3부 · 궁기편'이 드디어 정식으로 결정됐다.

여러 가지로 손을 탔지만, 이제 변경은 없다! 축제가 끝나는 대로【쇼타 마신】을 심판한다. 아니, 류가가 심판하게 한다.

대단원인 제4부 · 톳코편에 막대한 불안이 남았지만…….그건 그때 생각하자. 문제를 뒤로 미루는 건 내 특기니까. 이야기에서는 기세도 중요하다.

어느새 류가를 중심으로 히로인이 동그랗게 모였다.

유키미야에 대한 걱정과 삼 공주에 대한 의심…… 도 해소되고 명확한 지침이 정해지자 다섯 사람의 얼굴에 기력이 넘치기 시작했다.

"드디어 끝이 보이는구나. 우리가【마신】궁기를 쓰러뜨린다면……."

"그리고 제가【마신】도올을 '절복'한다면……."

"우리가 이 세계에 평화를 되찾는 건가."

"게다가 사흉들과 화해라는 전대미문의 위업이에요."

"요컨대 궁기를 패주면 되는 거네! 알았어!"

……드디어 끝이 보이나.

진짜로 그랬다. 궁기와 화해하기는 어려워도 철저하게 때려눕히면 가능성은 있다. 류가의 주인공력이 있다면 희망은 있다.

'그러면 '나락의 사도'와의 전투는 완전히 끝나. 류가의 이야기는…… 피날레를 맞이하겠지.'

문득 쓸쓸함이 들었지만 침울해도 의미 없다. '이야기'란 언젠가 끝나는 법이다. 도중에 중단하는 것보다는 끝을 보는 게 훨씬 낫다.

'그때가 되면 나는 어쩔까……. 새로운 주인공을 찾아 전국을 방랑하는 것도 나쁘지 않을 것 같은데. 아니면 어느 산속에 틀어박혀 친구 캐릭터 수행을 쌓을까.'

뭐, 그전에 산처럼 쌓인 문제부터 풀어야겠지만. 메인 캐릭터들의 플래그도 정산해야 하고, 이계에서 애쓰는 시즈마도 돕고 싶다.

차라리 그대로 이계에 군림할까……?

내가 그렇게 진로를 검토하고 있을 때, 유키미야가 퍼뜩 생각났다는 듯 손뼉을 치며 아오가사키를 바라보았다.

"참, 레이 씨! 오늘부터였죠? 전체 연습이."

"음, 그렇긴 한데……. 시오리가 이런 상황이니 연습을 미뤄야 하지 않을까 싶다만."

"저는 괜찮아요. 보세요, 아무렇지도 않잖아요? 레이 씨는 이번이 마지막 축제 아닌가요?"

아오가사키가 난처한 표정으로 다른 사람들에게 다른 사람들 얼굴을 번갈아 쳐다봤다.

……그러고 보니 유키미야는 학교 쉬기를 꺼리고 있었다.

"가지 않으면 모두에게, 특히 레이 씨께 폐를 끼치고 맙니다"
라고.

무슨 말인지 물어보는 걸 까맣게 잊고 있었다.

"무슨 연습? 축제 이야기야?"

물어보니 류가가 머리를 긁적이며 쓴웃음을 지었다.

"으응. 이치로에게는 말하지 않았지만, 전부터 다 함께
계획했거든. 우리가 오메이 고등학교에 함께 있는 동안에
추억을 남기자고."

"…………"

"주말 축제까지 앞으로 닷새……. 슬슬 개인 연습부터
전체 연습에 들어갈 예정이었어. 그렇지 이치로, 괜찮으면
보러 올래? 제삼자의 감상을 들어두고 싶으니까."

4

그날 방과 후.

류가와 히로인들에게 끌려간 곳은…… 번화가 한 구석
에 있는 음악 스튜디오였다.

이런 스튜디오는 밴드가 연습할 때 종종 빌리곤 하는데,
마이크와 앰프, 드럼 세트 등의 기재를 갖춘 시설이다. 예
약하면 누구든 이용할 수 있으며 1시간당 2천 엔이다.

……그렇다. 류가의 '연습'이란 밴드 연주였다.

놀랍게도 그녀들은 축제 무대에 서겠다고 참가 신청을

했다고 한다.

"다들 내 부탁을 들어주어 고맙다. 근데 정말로 괜찮나? 각자 행사 준비도 있을 거고, 곧 궁기와 전투도 해야 할 텐데……."

조심스럽게 말하는 아오가사키를 향해 류가가 상쾌하게 미소 지었다.

"신경 쓰지 마, 레이 선배. 다 같이 하자고 결정했잖아?"

모든 건 '한번 다 함께 밴드를 해보고 싶다' 하고 아오가사키가 별 뜻 없이 흘린 한마디에서부터 시작되었다.

얼핏 고풍스러운 '참무의 검사'는 사실은 서양 음악을 좋아한다. 그것도 하드락 계열의 격렬한 녀석을.

그게 발전해 직접 기타를 치게 되었고, 언젠가 동료와 함께 연주해보고 싶다는 생각을 했다. 그리고 뜻밖에도 다들 흔쾌히 승낙했다.

'설마 류가와 히로인들이 수면 아래에서 이런 계획은 세우고 있었다니…….'

이 사실을 처음 들었을 때 나는 감동에 젖었다. 메인 캐릭터의 밴드라니 최고잖아! 왜 난 이 생각을 못 했지?

주인공들의 축제 라이브는 흔한 소재다.

하지만 애니메이션에서는 이 장면을 어떤 전투 장면보다도 더 힘을 싣는다고 했다. 삽입곡도 상당히 잘 나간다고 한다. 평소와는 다른 매력도 볼 수 있으니 새로운 팬을 늘릴 기회이기도 하다.

무엇보다 이런 기획을 자발적으로 세웠다는 점이 감동이었다.

그녀들도 요구에 응하는 법을 알고 있던 모양이다.

'이건 틀림없이 축제 에피소드의 핵심이 될 거야! 바람잡이는 맡겨 두시라! 판을 벌이는 데 이 코바야시 이치로를 따라올 자가 없다는 걸 보여주지!'

······하지만. 그녀들은 한 가지 커다란 실수를 저질렀다.

그것도 아주 치명적인 실책이었다.

곧 준비를 마치고 저마다 준비하는 다섯 명. 그 안에서 하필이면──류가가 베이스기타를 메고 있었다.

"어, 어 류가! 네가 보컬이 아니야?!"

"응, 나는 베이스야. 그리고 코러스."

이게 무슨 실태란 말인가! 주인공이 메인 보컬이 아니라니?!

예를 들어 밴드가 햄버거라면 베이스는 피클이다. 이전에 아기토가 베이스라는 사실을 알았을 때도 씁쓸한 감이 있었는데······.

'너희는 주인공의 오라를 품은 주제에 왜 구석으로 가는 거냐! 왜 앞서질 않는 거냐고!'

분노에 이를 가는 나를 내버려 두고 유키미야가 마이크를 잡으며 쑥스럽다는 표정을 지었다. 아무래도 보컬은 유키미야였나보다.

"저기, 정말 괜찮을까요······? 바이올린이라면 몰라도,

노래는 별로 자신이 없는데…….”

쑥스러워하는 유키미야를 다들 “괜찮아, 괜찮아”하고 격려했다.

유키미야는 바이올린 콩쿠르에서 수상 경력이 여럿 있다. 그러나 이번 연주곡은 하드락이다. 바이올린은 어울리지 않을 것이다.

‘지금부터라도 보컬을 ‘SHIORI’에서 ‘RYU-GA’로 변경하고 싶지만 이제 본무대까지 시간이 별로 없어. 어쩔 수 없나…….’

따지고 보면 지금은 유키미야 에피소드 진행 중이었다.

이번에는 에피소드와 타협해서 그녀에게 센터를 맡겨야겠다. 류가는 코러스만으로도 존재감을 발할 거라 믿자.

“주제넘지만 기타는 내가 맡는다.”

튜닝을 마친 아오가사키가 기타를 가볍게 기잉── 하고 쳤다. 제법 그럴싸하다.

“키보드는 저예요. 파이프오르간은 뱀파이어의 소양……. 옛날부터 건반악기는 잘 쳤으니까요.”

엘미라가 악보를 세팅하고 띠로로로롱 하고 가볍게 손을 움직였다. 그녀도 괜찮을 것 같다.

“나는 드럼!”

쿠로가메가 스틱을 휘두르며 쿵딱쿵 소리를 냈다. 그래. 너는 아무리 생각해도 타악기야. 존재 그 자체가.

“괜찮으면 이치로도 참가할래? 탬버린은 어때?”

"아, 아니, 사양할게 류가. 이 시기에 새로운 멤버가 끼어들어 봐야 앙상블에 균열만 낼 뿐이야."

"탬버린인데?"

"그래도 안 돼. 음악성의 차이며, 솔로 활동 의욕이며 여러 가지가 있다고."

"탬버린인데?"

나는 류가의 권유를 단호하게 사양했다.

주인공 밴드에 친구 캐릭터 따위 필요하지 않다. 탬버린의 'CHIRO-RIN' 따위를 섞으면 단숨에 가치가 하락해버린다.

"들어오고 싶으면 당일에도 괜찮으니까 말해. 그럼 다들일단 한번 처음부터 연주해볼까."

류가의 목소리에 다들 고개를 끄덕이고 곧바로 전체 연습이 시작됐다.

……역시 주인공 일행은 다르다고 해야 하나. 다들 생각이상으로 능숙했다. 게다가 되풀이할 때마다 완성도가 점점 올라갔다.

'전장의 팀워크를 밴드에서도 훌륭하게 살렸어. 쿠로가메마저 어쩐지 멋있어 보이잖아.'

아오가사키의 기타는 정확하고 힘차며 세련되었다.

엘미라의 키보드는 우아하고 섬세하며 하드한 곡조에 색채를 더한다.

쿠로가메의 드럼은 빨라지기 일쑤지만 동작이 많고 다

이나믹하다.

류가의 베이스는 담담하면서도 억양이 있고 곡의 토대를 단단하게 바쳐준다.

'도저히 취미 연주 수준이 아니야. 그냥 학교 축제로 끝내기가 아쉬울 정도의 실력이다.'

굳이 아쉬운 점이 있다면, 다들 연주에 몰두해서 퍼포먼스까지 할 여유가 없다는 것 정도. 그리고 보컬인 유키미야가 이따금 음정이 나가고 있다.

목소리는 맑고 예쁘지만, 멜로디를 잘 따라가지 못하는 것 같다. 애초에 아가씨인 유키미야에게는 하드락 자체가 그다지 익숙하지 않겠지.

'하지만 학교 아이돌이 노래하는 것만으로 남자애들은 좋아서 미쳐 날뛰겠지. 이 무대는 반드시 영상특전으로 풀버전을 넣어주기 바란다.'

당일을 위해 펜라이트를 준비해야겠다. 그리고 응원 구호도 생각해둬야지……. 그런 계산을 하는 동안에 이미 5번째 연주가 끝났다.

"후우……. 슬슬 시간이 됐으니 오늘은 여기까지 할까. 처음치고는 꽤 좋지 않았어?"

"음. 솔직히 놀랐어. 설마 다들 이 정도 수준이었다니."

"그건 그렇고 왜 이렇게 격렬한 곡을 고른 거죠? 레이 씨 취향인가요?"

"이거 아마'아로에 누리스'란 밴드 곡이지? 레이짱은 당연히 엔카를 고를 줄 알았는데."

그러자 아오가사키는 허둥지둥 "추, 축제니까 신나는 곡을 골랐을 뿐이야"하고 얼버무렸다.

나와 류가는 은근슬쩍 시선을 교환하고 동시에 어깨를 살짝 으쓱했다. '참무의 검사'가 뜻밖에 서양 문화에 심취한 사실은 여전히 우리밖에 모르는 비밀이다.

일동이 보람을 느끼는 가운데 유키미야만 한숨을 푹 쉬었다.

"제일 큰 과제는 제 가창력이네요……. 당일까지 더 연습해야겠어요."

톳코를 '절복'하는 건, 루니에의 건, 코바야시 집에서 사는 건, 그리고 새로이 보컬 건.

유키미야 시오리의 마음고생은 멈출 줄을 몰랐다.

그날 밤. 저녁 식사를 마치고 다 함께 거실에서 쉬고 있을 때였다.

"라라라~. 라라라~."

방 한쪽에서 유키미야가 계속 노래 연습을 하고 있었다.

스튜디오에서 실수한 부분을 갸륵하게도 몇 번이고 몇 번이고 흥얼거렸다. 사실 지금도 합격을 줄만 한 실력이라 그렇게까지 신경 쓸 필요는 없지만…….

"라라라~ 라라라라~."

"유키미야, 거기 반음 틀렸어."

노랫소리를 들은 미온이 차를 마시면서 지적했다.

"그, 그랬나요? 저기, 미온은 이 곡을 아나요?"

"응. 영화 주제가로 쓴 유명한 곡이잖아. 거기는 라라라~야."

"라, 라라라~."

"아니야, 라라라~야. 처음부터 불러봐."

……이게 무슨 상황이지 하는 생각이 들기도 전에 미온의 강의가 시작되었다. 내가 자랑할 건 아니지만, 우리 집 백로 차녀는 남을 매우 잘 돌본다.

그 모습을 보고 킹코브라 장녀와 에조늑대 막내도 다가왔다. 그냥 뭔가 싶어서 온 거겠지만.

"모처럼이니까 실전이라 생각하고 일어나서 노래해 보는 게 어때?"

"힘내서 갑찌다. 홍백가합전을 노립찌다."

그러자 유키미야는 "그럼 레슨에 동참해주세요"하며 나와 삼 공주를 청중으로 두고 아카펠라로 노래하기 시작했다.

목소리가 조금 떨렸지만 본 무대는 지금보다 몇십 배나 많은 사람이 모일 거다. 조금이라도 익숙해지는 게 나을지도 모른다.

"라라라~, 라라라라~."

"거기 더 힘 있게."

"라라라~, 라라라라~."

"거기는 호흡을 빠르게."

미온에게 하나하나 지적을 받을 때마다 수정을 반복했다.

그러다 보니 놀랍게도 유키미야의 실력이 비약적으로 발전했다. 물론 완벽한 건 아니지만 그래도 스튜디오 때와는 천지 차이였다.

"응, 꽤 좋아졌네. 오리지널 보컬을 너무 흉내 낼 필요는 없어. 자기 나름의 개성을 내봐."

"네."

"음료는 되도록 차를 마셔. 카테킨은 목에 좋아."

"네. 앞으로도 지도 편달 잘 부탁드립니다."

설마 이런 형태로 유키미야와 동거하는 덕을 볼 줄은 생각지 못했다.

그러고 보니 삼 공주는 이계에서 콘서트까지 했다는 이야기가 있었지……. 노래방에서 들은 바로는 확실히 실력이 대단했다. 무대 경험자가 마침 가까이 있다니, 운이 좋군.

미온의 가창 교실이 끝나갈 무렵.

줄곧 유키미야를 보고 있던 키키와 주리가 감상을 내놓았다.

"유키미야 선배. 계속 신경 쓰였줍니다만 가만히 서 이쪽면 안 됩니다. 노래란 목소리뿐만 아니라 몸으로도 표현하는 거심니다. 즉흥으로 해보십찌요."

"네에. 이, 이렇게요?"

유키미야가 허밍하면서 간단한 동작을 했다.

휘리릭 돌거나 발끝으로 바닥을 통통 두드리거나…….
거친 곡과 어울리지는 않았지만 무척 귀여웠다. 정말로 아
이돌 같다.

"안 되지, 유키미야. 더 허리를 야하게 흔들어. 너는 가
슴이 없으니까 엉덩이로 도발해야 해."

"쓸데없는 참견이에요!"

주리의 조언에 유키미야가 화를 내려던 순간, 그녀의 얼
굴이 갑자기 천진난만(?)하게 변했다. 말하자면 볼에 골뱅
이 무늬를 그린 것 같은 기분이었다.

"내도 춤추고 싶습메! 축제 정말 좋아합메!"

'축명의 무녀' 아니 '톳코'가 갑자기 그런 소리를 하면서
덩실덩실 춤을 추기 시작했다. '이야기'에서는 아직 중립
설정인 【마신】이었다.

"어이 톳코! 멋대로 나와서 멋대로 춤추지 마!"

"보시오 이치로 성! 내 민속춤은 이계 제일입메!"

유키미야의 몸으로 엉거주춤, 우스꽝스러운 민속춤을
추는 톳코.

그, 그만둬! 안짱다리 하지 마! 코와 입에 나무젓가락 꽂
지 마!

왕도의 순정파 히로인이 해선 안 될 치태를 내가 필사적
으로 말리고 있을 때.

"오? 뭔가 즐거워보이잖아."

"질까보냐! 【마신】톱 댄서는 나다!"

혼돈과 도철까지 나타나 상반신만으로 춤을 추기 시작했다. 절대로 보여서는 안 되는 최종 보스들의 연회였다.

"너희들 【마신】이란 자각을 까맣게 망각하지 않았어?! 이봐 미온, 주리, 키키! 이 세 바보를 함께 말려줘!"

나 혼자서는 버거워서 삼 공주에게 도움을 요청하기 위해 돌아보았다.

미온은 설거지를 하기 위해 주방으로 가버렸다. 주리는 잡지를 읽고 있었고, 키키는 스펙터클맨 녹화를 재생했다.

"너희, 【마신】을 숭배하는 마음을 완전히 잃지 않았어?!"

고립무원이 된 나는 이제 할 수 있는 일이 없었다.

단념하고 함께 춤추는 수밖에는.

5

유키미야가 우리 집에 온 지 벌써 나흘. 축제까지 앞으로 사흘이 남은 목요일이었다.

참으로 유감이지만 루니에는 여전히 모습을 드러내지 않았다. 덕분에 축제 준비만은 착착 진행되었다.

류가도 궁기를 경계하면서 학교에서는 반 행사 준비, 방과 후에는 스튜디오를 오가며 축제 중심의 바쁜 나날을 보냈다.

나는 나대로 펜라이트와 응원복 등 무대 응원 굿즈를 조

달하는 한편 틈을 봐서 루니에 수색을 이어나가는 나날이
었다. 물론 학급 협력도 아끼지 않는다.

'루니에 녀석, 이제 슬슬 나오지 좀……. 대체 어디에서
농땡이를 피우는 거야?'

톳코와 삼 공주 건이 일단 불문이 된 지금 제3부 · 궁기
편을 앞에 두고 남은 문제는 루니에뿐이었다.

궁기에게 붙을지 붙지 않을지, 슬슬 확실하게 해줘야 한
다. 유키미야를 위해서도. 이야기를 위해서도.

'축제가 끝나면 궁기편이 시작될 거야. 그 전에 루니에랑
만나 어떤 포지션으로 가고 싶은지 확인해야 해…….'

초조함을 느끼며 점심시간을 보내고 오후 수업이 시작
되고 얼마 지나지 않았을 때.

나는 반에서 지령을 받아 학교를 빠져나가 슈퍼에 갔다.
커피와 설탕 등의 식재료, 냅킨과 종이 접시 등의 비품을
사오라는 부탁이었다.

축제가 코앞까지 다가왔으므로 오늘부터 점심 이후는
수업 대신 축제 준비를 한다. 우리 2학년 B반뿐만 아니라
모든 반이 마찬가지다.

"손이 비니까 나도 같이 갈게. 짐이 많을 테니까."

재빠르게 따라온 류가와 함께 슈퍼로 어슬렁어슬렁 걸
어갔다. 류가도 한숨 돌릴 겸 잠깐만이라도 여자애로 돌아
가고 싶었던 모양이다.

"류가, 메이드복 시착은 끝났어?"

"응, 조금 전에. 지금은 텐료인이 입고 있어. 역시 징그러."

"나도 입어봤는데 내가 봐도 더럽더라……. 역시 평범하게 여자애가 메이드를 하는 게 좋았던 거 아냐……?"

"어~, 이치로는 귀여웠는걸? 아마 바니걸도 어울리지 않을까? 다음에 우리 집에 왔을 때 입어볼래? 바니보이가 되겠지만."

"사양할게. 거시기가 달린 바니라니, 악몽이다."

……나와 아기토는 그 뒤로 제대로 말을 섞지 않았다. "네 맨션에 루니에가 있어?"라고 물어본 정도다.

대답은 No였다.

두 번 궁기를 만나러 오긴 했지만 어디까지나 왕거미 사도는 '톳코의 심복'이라는 걸 고집했던 모양이다. 아기토의 정보를 그대로 믿기는 어렵지만.

'그러고 보니 아기토는 류가가 밴드 연주하는 걸 모르나?'

만약 알고 있다면 당일 즉석 참가를 노리고 있을 가능성이 있다. 류가와의 트윈 베이스를 하려고 들겠지.

그걸 저지하는 것도 내 역할이다. 메인 캐릭터의 라이브에 쓸데없는 멤버를 넣을 순 없다. 친구 캐릭터도, 적 캐릭터도 필요 없다.

내 속내도 모르고 류가는 나를 보며 웃었다.

처음 만났던 무렵보다 얼굴이 조금 어른스러워진 것 같다. 아니, 그보다 여성스러워진 것 같은…… 과연 졸업할 때까지 여자아이란 사실을 숨길 수 있을까?

"시오리도 매일 학교에 오는 걸 보니, 완전히 회복한 것 같아. 이대로 축제까지 아무 일도 없으면 좋을 텐데."

"유키미야네 반은 뭐하더라?"

"시오리네 C반은 사랑의 작대기야."

듣자 하니 남녀가 각각 6명씩 나뉘어 '사랑의 작대기 게임'을 한다고 한다. 마지막에 마음에 든 상대를 지명하고 합치하면 당당히 커플 성립이란 거다. 그래봤자 놀이지만.

"리나네 2학년 E반은 분명히 귀신의 집이었지? 레이의 3학년 A반은 히어로쇼를 한대. 운동장에 무대까지 만들었다던데."

"헤에. 역시 3학년은 하는 게 다르구나."

"게다가 레이가 주역 히어로야. 꼭 보러 가야지."

사랑의 작대기에 귀신의 집, 히어로쇼인가. 밴드 연주도 포함해 다들 열정적으로 축제에 임하는 모습이 흐뭇하다.

슈퍼에 도착한 우리는 역할을 나누고 각자 흩어졌다.

류가에게 비품을 맡긴 나는 식품 코너로 발길을 향했다.

내가 커피 매장에 가서 한참 가격과 용량을 비교하던 그때──.

"……코바야시 님, 건강해보여 다행입니다."

느긋하게 커피나 고를 상황이 아니게 되었다.

내 뒤에서 남자의 낮은 목소리가 들려왔다. 최근에 계속 행방을 찾던 초로의 집사의 목소리였다. 뒤돌아보니 연미복 차림의 세바스찬이 서 있었다.

"루, 루니에?"

세바스찬은 평소같이 정중하게 고개를 숙여 인사했다. 여전히 깔끔한 포마드에 깔끔한 수염이었다.

"너, 지금까지 어디에 있었어?! 왜 유키미야에게 정체를 밝혔지?! 왜 멋대로 궁기와 접촉했어?! 왜 휴가 중에도 정장인 거야?!"

"부디 침착하십시오. 여기서 이러고 이야기를 나눌 수는 없으니 먼저 밖으로 함께 가주실 수 있겠습니까?"

아무튼 만난 건 행운이다. 여기서 입장을 확실히 해두자. 유키미야와 대화 약속도 잡아야겠다.

그의 말에 따라 매장 밖으로 나가려던 찰나, 또다시 누군가가 나를 불렀다.

"——잠깐, 거기 두 사람."

문득 고개를 돌리니 웬 여자가 이쪽으로 다가오고 있었다. 순간 류가인가 싶어 움찔했지만 다시 보니 세일러 교복 차림이었다.

"미, 미온? 너, 어째서 여기에……."

"당연히 저녁 장 보러 왔지. 아까 저기에서 히노모리 류가가 보여서 이쪽으로 도망쳤다고. 지금 걔한테 들키면 여러모로 귀찮으니까……. 누구 때문에 말이지."

가시 돋친 말투로 왕거미 사도를 매섭게 노려보는 백로 사도. 킹코브라 사도 정도는 아니더라도 사이가 좋지 않은 것만은 명백했다.

"미온인가……. 상관없다. 그럼 코바야시 님, 가시죠."

몇백 년 만의 재회일 텐데, 그는 신경 쓰지도 않는 모양이었다

서둘러 그를 뒤따라가려던 내 소매를 미온이 곧바로 꽉 붙잡아 만류했다.

"기다려, 이치로 군."

"왜, 왜 그래? 이 기회를 놓치면 다음에 언제 루니에랑 만날지 모른다고."

"그게 아니라 커피 두고 가. 계산 안 했지?"

……하마터면 도둑이 될 뻔했다.

1분 뒤. 슈퍼 뒤편 주차장.

나와 미온은 한발 먼저 기다리던 루니에와 다시 마주했다.

시간 여유는 별로 없다. 5분만 지나면 류가가 돌아올 테니까.

지금은 중요한 것들만 확인하면 된다. 다시 말해 '루니에의 진의는 어디에 있고 어느 편에 붙을 것인가?'로 충분하다. 나머지는 집으로 초대하. 유키미야와 함께 말이다.

"코바야시 님. 먼저 지난번 공동묘지에서 일은 정말로 실례가 많았습니다."

내가 입을 열기 전에 루니에가 깊이 고개를 숙였다.

"변명의 여지 없이 제가 꾸민 일입니다. 궁기 님께 신용

을 얻기 위해 그러한 책략을 헌상하였습니다……. 오늘은 그것을 사죄드리기 위해 찾아뵈었습니다."

"너 진짜로 궁기와 한편이 될 생각이야?"

"약소 세력에는 약소 세력이 움직이는 방법이 있는 법입니다. 이전에도 말씀드렸다시피 도올 님의 부하는 현재 저밖에 없습니다. 지금 궁기 님을 적으로 돌리는 것은 현명한 판단이라 할 수 없겠지요."

"그렇다면 우리랑 편을 먹으면 되잖아? 그러는 편이 훨씬 톳코도 안전하고, 그녀도 그쪽을 바랄 테고——."

"인류의 편을 들란 말씀입니까? '나락의 사도'의 긍지를 버리라고 하시는 겁니까?"

그 순간 루니에의 두 눈동자에 불길한 기운이 감돌았다.

"물론 먼저 코바야시 님과 결탁하여 궁기 님을 쓰러뜨리는 방책이 합리적입니다. 그쪽에는 혼돈 님과 도철 님……【마신】이 두 분이나 계시죠."

틈도 주지 않고 왕거미 사도가 "그러나" 하고 다음 말을 이었다.

"궁기 님을 쓰러뜨린 뒤에는 어떻게 할까요? 만약 제 주인님이 【마신】의 오랜 뜻을 떠올리셨을 때…… 반드시 후회하실 것입니다. 동맹 상대를 잘못 택했다고 말입니다."

"…………."

"그렇다면 지금 제 주인님은—— 어느 쪽과 함께해야 할까요? 인류의 편인 코바야시 이치로 님일까요? 아니면 인류의 적인 텐료인 아기토 님일까요?"

그러니까 루니에는 결국…… '인류와 공존'에 승복할 수 없었던 것인가.

톳코의 분노를 사면서까지 '나락의 사도'로서 숙원을 선택했다는 말인가.

이전 그와 나눈 대화가 문득 머릿속에 되살아난다. "루니에는 인간과의 공존에 반대야?"라고 물은 나에게 왕거미 집사는 이렇게 대답했다.

――저도 인간계에 와서 상당한 시간이 흘렀습니다. 사도와 인간이 공존하기가 불가능하지 않다는 것도 지금이라면 고개를 끄덕이겠죠. 다만…… 막연하기는 하나 '그걸로 정말로 좋은 건가'라는 생각이 드는군요.――

사도의 긍지는 생각보다 뿌리 깊게 루니에의 마음에 자리 잡고 있었다.

그리고 그는 사도의 긍지를 선택했다. 톳코의 심복이면서 적 캐릭터로 목숨을 버릴 작정이다.

"그럼 지금 당장 숙청해도 상관없겠네."

그때 여태껏 침묵을 지키던 미온이 느닷없이 한 걸음 나섰다. 그녀의 목소리에는 살기가 감돌고 있었다.

"도철 님과 혼돈 님께 적대한 것도 모자라 톳코 님을 배신했으니 이유도 충분하고. 이치로 군, 처리해도 되지?"

될 리가 없다. 이런 곳에서 전투를 시작했다가는 류가가 가게에서 뛰쳐나올 거다.

설령 루니에를 적으로 돌리더라도 유키미야와 얼굴을 마주하게 할 필요가 있다.

지금 여기서 퇴장시켜버리면 유키미야 에피소드가 상당히 어중간해진다. "미안, 루니에는 적이라서 쓰러뜨렸어"라는 사후보고라니, 언어도단이다.

"그만해 미온. 나는 여기에서 루니에와 끝을 볼 생각은 없어."

"괜찮아. 이길 거니까. 이치로 군이 반할 만큼 화려하게."

"과언은 금물이야! 전투도 그리고 나에 대해서도!"

그러자 사이드테일의 소녀는 불만스러운 표정을 비쳤다. 그런 그녀를 보며 올백 집사가 입꼬리를 씩 일그러뜨렸다.

"그만둬라 미온이여. 처녀인 네놈이 나를 죽일 방도는 없다."

······내가 잘못 들었나? 지금 루니에가 말도 안 되는 대사를 하지 않았어? 이 골수 집사 캐릭터가 성희롱 악담이라니?

그러나 미온은 얼굴을 붉히지도 않고 올라간 눈꼬리를 더욱 치켜뜨고 루니에를 쏘아보았다. 그리고 미온 역시 황당한 말을 받아쳤다.

"처녀 아니야. 이쪽에 와서 벌써 몇 명이나 했다고."

"어차피 사도아닌가? 사도는 숫자로 치지도 않아."

"그렇다면 시험해보든가. 네가 어디까지 견딜 수 있을지

궁금하네."

이거, 전투 이야기를 하는 거 맞지? 원조교제 이야기가 아니지?

"네놈과 나는 경험의 차원이 다르다. 상대가 인간이든 사도든."

"잘난 척하기는. 몇 명이나 있다고 그래 잘났나 몰라."

"그야 셀 수 없을 만큼이지."

"아 그러세요? 그래서 할 거야? 안 할 거야?"

"굳이 하겠다면 어쩔 수 없지. 나의 뛰어난 기술…… 그 몸에 가르쳐주마."

잠깐만 기다려! 멋대로 우리 차녀에게 손대지 마! 뛰어난 기술을 가르치지 마!

결국 참지 못하고 내가 한마디 하려던 찰나, 루니에가 어깨를 으쓱하며 쓴웃음을 지었다.

"실례했습니다, 코바야시 님. 저희 '나락의 사도'는 살해 경험이 없는 자를 동정 · 처녀라 부릅니다. 다소 오해를 부르는 대화였습니다."

"다시 말해 이 녀석은 극악인이라는 말이야. 말이야 먼저 덤비는 상대만 죽인다고 하지, 숫자로 보면 완전히 프로야. 베테랑 배우라고."

그런 뜻이었다. 요컨대 루니에는 저항하지 않는 인간에게는 해를 끼치지 않는다는 소리다. 그 점만큼은 높은 긍지가 다행이었다.

미온은 이미 목덜미에서 깃털이 나오며 전투태세에 들어갔다.

이에 루니에도 가슴의 타이를 느슨하게 풀었다.

······타이를 푸는 짧은 순간, 그의 오른손 검지에 화려한 반지가 눈에 들어왔다. 대기업 집사답지 않게 유리구슬로 만든 장난감 반지였다. 그러나 지금은 그걸 신경 쓸 때가 아니다.

"물러나 미온! 네가 경험자인 건 알았으니까!"

"큰 소리로 말하지 마! 말해두지만 야한 의미로는 처녀야! 그게 중요해!"

"에잇, 아무튼! 그리고 루니에! 적으로 돌아서는 거야 네 맘이다만, 부탁 하나 들어줘!"

"무엇입니까."

"유키미야와의 대화다! 인연을 끊을 거면 하다못해 마지막으로 절차를 따라줘!"

"그럴 필요는 없습니다. 코바야시 님 댁에 있다는 건 시오리 아가씨께서 【백호】의 계승자를 포기할 마음이 없다는 뜻이 아닙니까. 유감이지만 그녀는── 제 주인을 담기에 알맞지 않습니다."

"그만큼 톳코를 이해하는 그릇이 유키미야 말고 있을 것 같냐! 너도 유키미야와 10년이나 함께 지냈잖아──!"

"모든 것은 제 주군을 위함입니다. 도올 님을 사흉의 패자로 만들기 위함이었습니다."

톳코만 생각하다니…… 너에게 유키미야 시오리는 뭐였어?

"이봐 루니에. 기억해? 전에 한번 나에게 감사 인사를 한 적이 있었지."

"감사 인사?"

세바스찬이었던 시절, 그는 말했다.

──항상 아가씨와 친하게 지내주셔서 진심으로 감사드립니다.──

──오메이 고등학교에 입학하시고 나서 아가씨는 실로 생기가 넘치십니다.──

──이것도 코바야시 님과 히노모리 님 덕분입니다.──

"아아…… 그냥 잡담이었습니다."

"유키미야와 톳코는 조금씩 사이가 깊어지고 있어. 장래에는 톳코를 양녀로 맞겠다는 이야기까지 나왔다고? 그래도 너는 사도의 긍지를 앞세울 거냐?!"

"그것이 저의 존재 이유입니다. 설령 주군께 버림받더라도 저는 도올 님을 위해 싸우고, 최후의 승자로 이끌 따름입니다."

"포기해. 어차피 이 전투의 승자는 【마신】 중 그 누구도 아니야── 히노모리 류가다!"

"그 말인즉, 코바야시 이치로…… 당신이 패자(霸者)가 되겠다는 이야기입니까?"

갑자기 고발 같은 심문에 나는 눈에 띄게 동요했다.

"나, 나는 평범한 친구 캐릭터다!"

"마지막에 히노모리 류가의 목을 쳐서 승리자가 된다──
그것이 당신의 꿍꿍이 아닙니까?"

"무슨 소릴! 그럴 리 없잖아!"

"무서운 분이로군요."

"멋대로 나를 배신 캐릭터로 만들지 마! 너 이 자식 쥐어
팬다?!"

반사적으로 주먹을 쥔 나를 아까와 반대로 미온이 만류
했다. "남을 말려놓고 자기가 주먹을 쥐는 게 어디 있어?"
하고.

"코바야시 님은 도철 님과 혼돈 님을 완전히 지배하시는
자. 그중에서도 도철 님은 특히 위험하죠."

뭐 그렇지. 아직 힘이 3, 4할밖에 회복되지 않은 혼돈에
비해 도철은 풀파워 상태이니까. 너무 건강해서 곤란할 지
경이다.

"게다가 도철 님은 시오리 아가씨의 수제 요리를 다 드
신 적이 있다고 들었습니다……. 그 이야기를 들었을 때는
저도 두려움에 떨지 않을 수 없더군요."

"위장이 튼튼할 뿐이야!"

"날마다 편의점에서 군것질하고 밤늦게까지 텔레비전
게임에 열중하신다는 이야기도 들었습니다……. 그리고
저는 안도했습니다. 그분이 주군이 아니라서 다행이라고."

"남의 집 【마신】을 까지 마! 너는 그런 캐릭터가 아니잖아!"

"지난번 공원에서 아이들과 카드게임을 하시는 도철 님을 보았습니다. 그 모습을 보았을 때는 제가 다 울고 싶더군요."

"오히려 내가 울고 싶어! 그거 분명히 나라고 오해했을 테니까!"

거기서 루니에가 "어이쿠"라며 정신을 차리고 때가 되었다는 듯이 등을 돌렸다.

"당신과 이야기하면 흐름이 계속 이상해지는 군요…….
그럼 실례하겠습니다."

떠나는 루니에를 지켜보며 나는 힘이 빠졌다.

아직 할 말이 남았지만 이제 시간이 없다. 곧 류가가 나를 찾을지도 모른다.

'루니에와 대화할 중요한 찬스였는데 텟짱 이야기 따위로 낭비하다니……!'

아기토도 그렇고 루니에도 그렇고……. 적 캐릭터가 멍청해지는 건 역시 내 탓 아닐까?

나는 진지한 캐릭터에게 코미디를 감염시키는 코바야시 균이라도 가지고 있는 걸까?

6

'여러분 별고 없으신가요. 저는 변함없이 잘 지냅니다.'

그날 밤. 우리는 소형 비디오카메라를 텔레비전에 연결

해 동영상을 재생하고 있었다.

사랑스러운 우리 아들이 화면 너머에서 우리를 향해 꾸벅 인사했다.

"꺄아아—! 시즈마아아—!"

"인사도 잘하고 시쥬마는 늘 대견합니다!"

틀자마자 텔레비전에 매달린 뱀파이어 소녀와 에조늑대 아이가 손을 마주 잡고 환호성을 질렀다. 아이돌의 열성팬 같았다.

——오늘은 주간 행사인 시즈마와 연락하는 날이다. 열심히 이계의 질서 회복에 힘쓰는 사랑하는 아들의 안부와 현재 상태를 확인한다.

지난번부터 편지에 더해 이렇게 비디오 메시지도 교환하기로 했다.

이 영상은 혼돈에게 방금 찍어오라고 시킨 거다. 【마신】은 10분 정도라면 고향으로 텔레포테이션할 수가 있다.

"시즈마, 어딘지 얼굴이 늠름해졌어. 지난주보다 키가 큰 것 같지 않아?"

"아직 성체가 되지 않았겠지. 이대로 멋진 청년이 되면 낚아챌까?"

내 옆에서는 미온과 주리가 차를 마시며 그런 대화를 주고받았다.

"제길. 시즈마를 만나러 가는 건 내 일인데!"

"네놈이 찍은 영상은 지진현장을 보는 수준이 아니었나.

카메라 솜씨는 이 몸이 위야."

내 뒤에서는 도철과 혼돈이 상반신만 나온 상태로 그런 대화를 주고받았다.

그런 와중에 한 사람 홀로 남겨진 듯이 멀리에서 조심스럽게 화면을 보는 이가 있었다. 물론 유키미야였다.

……어쩔 수 없는 일이었지만 유키미야와 동거 중이라는 건 이미 엘미라에게 다 들켰다. 마찬가지로 지난달까지 엘미라가 우리 집에 있었던 사실도 이미 유키미야에게 들켰다.

서로의 진실을 안 '상암의 혈족'과 '축명의 무녀'는 보란 듯 불쾌한 표정을 지었지만 엎드려 빌 각오도 전달한 내 해명으로 간신히 넘어갔다. 삼 공주와 같이 산다는 사실을 들킨 마당에 그쯤은 별거 아닐 테지.

"아직 제게 반발하는 세력이 많습니다만, 동료들 덕분에 순조롭게 진압하고 있습니다. 무척 믿음직한 부대장들이에요."

거기서 카메라가 돌아가 시즈마 뒤에서 한쪽 무릎을 꿇은 사도 3명을 비추었다. 이형의 모습이 아니라 다들 인간체였다.

다 아는 얼굴들이다.

지난번 비디오에도 나왔기 때문이다. 그때 인사를 했으니까.

"칭찬해주시어 황공하옵니다. 앞으로도 목숨 바쳐 도련

님을 지키겠사옵니다."

이 거창한 태도를 취하는 사람이 주리 부대 부대장이었던 기린형 사도·가이고.

팔걸의 사이힐에도 지지 않을 기골 장대한 거구를 자랑하며, 얼굴에 흉터가 많은 외눈의 중년 남성의 모습을 하고 있다.

"이쪽은 맡겨주세요~. 시즈 군에게 거스르는 놈은 엉덩이 팡팡해버릴 거예요~."

이어서 깜빡 윙크한 사람이 키키 부대 부대장이었던 말벌형 사도·야구자.

잘생긴 얼굴로 교태를 부리는 미남으로, 아이섀도우와 볼터치가 상당히 짙다.

"아, 도령은 걱정하지 마세요. 저희가 함께 있으니까요."

마지막에 느긋하게 담뱃대를 태운 사람이 미온 부대 부대장이었던 매형 사도·제루바.

뾰족뾰족한 헤어스타일에 반다나를 깊게 눌러 쓴, 대학생 형 같은 인상이다.

……기이하게도 각자 각군의 넘버2였던 삼 공주의 심복들이다. 장군급에 필적하는 전투력을 가진 믿음직한 괴물 3인조다.

"힘내 가이고. 언젠가 히이힐로 밟는 포상을 줄 테니까."

"야구자, 시쥬마를 단단히 보필하십찌요. 드랙퀸의 의지를 보여주십찌요."

"제루바 이 녀석, 또 담배를 물고 있어! 그렇게 끊으라고
했는데!"

삼 공주가 자신의 부대장을 향해 저마다 그런 소리를 했
다.

나도 엎드려 부탁한다. 부디 군의 장벽을 넘어 일치단결
하여 시즈마를 지켜주기 바란다. 12월에는 연말 선물을 보
낼게.

그들의 인사가 지나가고 다시 시즈마가 등을 꼿꼿하게
펴고 보고를 이어갔다.

시즈마의 복장이 어느새 검은 군복에 망토와 부츠까지
갖춘 장교 같은 차림이 되어 있었다. 이런 차림이 어울리
는 두 살배기는 전 세계에 이 아이뿐이겠지.

"지난번 혼면전(魂眠殿)이라는 사당에 가보았지만 어머
니·레이다의 영혼은 찾지 못했습니다. 아직 모든 영혼을
확인한 건 아니지만…… 유감입니다."

시즈마의 진짜 모친은 레이다라는 여자 사도다.

그녀는 엘미라의 친척인 뱀파이어와 사랑에 빠져 인간으
로 살아가려 한 탓에 궁기 부하인 동포들에게 숙청당했다.

"혼면전에는 현재 3천 정도의 사도가 잠들어 있는 것 같
아요. 그 안에 어머니의 영혼이 없다면…… 역시 궁기 님
께서 회수했을 가능성이 커 보입니다."

인간계에서 쓰러뜨린 사도는 영혼이 이계로 송환되어
약 200년의 세월에 걸쳐 부활한다.

잠들어 있는 3천의 영혼은 다시 말해 인간계에서 쓰러뜨린 사도……. 류가&사신 히로인들이나 그들의 선조님이 처리한 사도들일 것이다.

그리고 【마신】 궁기는 그런 영혼을 '200년 페널티 없이 단 한 번 부활'시키는 능력이 있다. 그것이 놈의 최대 강점이다.

"어머니의 행방이 신경 쓰이지만, 그 때문에 사명을 소홀히 할 수는 없습니다. 이계 통제가 일단락된 다음에 어머니의 영혼을 찾으려고 합니다."

"아아, 시즈마…… 그렇게 무리하지 않아도 되는데……."

다부진 두 살배기의 말에 엘미라가 눈물을 글썽였다.

화면 너머에서 부대장 트리오도 감탄한 얼굴이었다. 생각보다 인정미 있는 놈들 같아 안심했다. 사도에게 인정미를 요구하는 것도 이상하다만.

"도련님의 근심, 이해합니다. 이렇게 된 바에 한시라도 빨리 이계를 평정합시다."

"나도 블루해용~. 레이다는 내 부대에 있던 병졸이니까용~."

"우리는 우리대로 장군 외 부대장을 설득해둘게요. 시도라랑 키리야는 그쪽에서 골로 갔던가요?"

"흥, 무단 출격인가. 미온 님의 군은 규율이 상당히 느슨하군."

"어머나, 남 말할 처지인가~? 키키 님이랑 주리 님의 군에서도 상당수가 인간계로 무단 출격해버렸는데~."

"그러니까 피차일반이란 거다. 도를 넘지 마라, 매저 자
식에 변태놈."

"누가 매저인가!"

"캬아— 분해라! 이 새대가리!"

"시끄러워—— 잔챙이들. 오, 뭐야? 한판 할래?"

화면 너머에서 투닥이기 시작한 부대장 트리오. 갑자기
불안해졌다.

"다들, 그만 하세요. 혼돈 님 앞입니다! 그리고 이 영상
은 도철 아저씨와 삼 공주님도 보신다고요!"

시즈마가 작은 손으로 필사로 부하를 말리며 면목 없다
는 듯이 이쪽을 향해 고개를 숙인다. 이렇게 고생이 많은
두 살배기는 전 세계에 이 아이뿐이겠지.

"죄송합니다, 아버님. 저에게는 아직 아버님 만한 인망
이 없어서…… 앗, 혼돈 님 곧 시간이 끝나겠네요. 그럼
여러분 이쯤에서 실례하겠습니다. 가이고, 야구자, 제루
바, 그만 좀 하——."

거기서 영상은 끝났다. 마지막 한순간 부대장 트리오가
변신한 전투 버전이 보였다. 지금쯤 어떻게 됐을까…….

"당신들 부하, 정말로 괜찮아요? 우리 애를 맡겨도 되겠
어요?"

부모 시선으로 클레임을 거는 '상암의 혈족'에게서 삼 공
주가 하나같이 시선을 피한다.

애초에 당사자인 삼 공주가 먼저 이계를 내버리고 이쪽으로 왔다. 시즈마가 고생하는 원인은 이 셋이라고 해도 과언이 아니다.

　"괘, 괜찮아. 가이고는 괴력만이 아니라 맷집이 무척 세. 채찍으로 때려주면 오히려 기운이 생길 정도인걸. 헉헉, 더 상을 주세요……라면서.

　"정말로 괜찮은 거예요?!"

　"괜찮쭙니다. 야구자는 말벌형이지만 밤이면 나비가 됩니다. 이계 2번가 파피용이라 불립니다."

　"정말로 괜찮은 거예요?!"

　"제루바만은 괜찮아. 침대에서 담배 피우다가 숙소를 전부 태워 먹은 적이 있긴 하지만. 나도 통구이가 될 뻔했지만."

　"정말 진짜로 괜찮은 거예요?!"

　성을 내며 따지는 엘미라를 대충 달래는 삼 공주.

　그 광경을 바라보면서 갑자기 유키미야가 나를 보며 웃었다.

　"엘미라 씨와 삼 공주는 마음을 다 터놓은 것 같네요. 솔직히…… 여기에 세바스찬도 있으면 좋았겠지만."

　……오늘 슈퍼에서 있었던 일은 이미 유키미야에게 보고했다.

　왕거미 사도가 '인간과의 공존'에 부정적이고, 그 대문에 궁기 진영과 함께하려 한다는 사실도 마음을 모질게 먹고 전했다. 숨긴다고 뾰족한 수가 있는 것도 아니었다.

"미안 유키미야. 하다못해 너와 대화할 자리라도 잡고 싶었는데……."

"아뇨. 그건 제가 고집부린 거니까요. 이렇게나마 그의 뜻을 알아서 다행입니다."

우리의 대화를 들은 엘미라와 삼 공주가 소란을 멈추었다. 도철과 혼돈은 눈치 빠르게 벌써 내 안으로 들어갔다.

"시오리 씨, 포기할 거 없어요. 저희가 【마신】 궁기를 쓰러뜨리면 루니에라는 놈도 생각을 고칠지도 몰라요."

"이야기해서 안 된다면 주먹으로 얘기합니다."

"그래도 꾸물거리면 200년 정도 반성하게 해야지. 이 헤비즈카 선생님께 맡겨."

일동의 격려에 고개를 살짝 끄덕이는 유키미야. 그런 그녀에게 차를 다시 내주는 사이드테일 처녀.

"그런데 유키미야, 어쩔 거야? 루니에가 완전히 적으로 돌아선 이상, 네가 여기 머무는 기간도 상당히 길어질 것 같은데."

그렇군. 루니에가 궁기와 동맹을 생각한다면 언젠가 톳코와 궁기를 마주치게 할 꿍꿍이를 품고 있을 터. 강경 수단을 쓸 가능성도 있다.

이를테면 유키미야의 납치라든가……. 세바스찬을 버린 그라면 그릇을 공격하는 것도 주저하지 않을지도 모른다. 그 녀석은 유키미야를 '부적합'이라고 했으니까.

역시 한동안 우리 집에서 맡는 게 좋겠어.

그러나 내 속을 아는지 모르는지 '축명의 무녀'는 나와 다른 생각을 하고 있었다.

"……일단 집으로 돌아가겠습니다. 궁기를 쓰러뜨릴 때까지 신세를 질 수도 없는 노릇이고, 톳코와 뱌토란이 있으면 어떻게든 될 테니까."

뱌토란이란 유키미야의 수호신인 【백호】다. 그야 얼마 전에 이능력이 부활한 참이긴 하지만…….

"설령 루니에가 절 노린다고 하더라도 지지는 않을 겁니다. 사실 이능력을 되찾았을 때부터 그렇게 생각했지만, 이곳 생활이 마음에 들어서……."

그랬던 건가. 분명히 유키미야도 역전의 전사다. 간단히 적에게 쓰러질 만큼 약하지 않다. 아니, 【백호】에 【마신】까지 있으니 오히려 히로인 중 최강 수준이다.

그렇더라도 이 집이 그렇게 편한가. 여기서 산 히로인 두 명 모두 '류가가 여자애인 걸 모르는' 것도 웃기는 이야기지만.

"코바야시 씨. 짧은 기간이었지만 신세를 졌습니다. 이만 돌아가겠습니다."

자세를 바로 하고 다다미에 손가락 세 개를 짚은 유키미야. 이혼하는 아내 같았다.

내가 대답도 하기 전에 미온이 "기다려 유키미야" 하고 입을 열었다.

"너, 노래 레슨은 어쩔 거야? 아직 도중이잖아? 어차피 축제까지 조금 남았으니까 그 뒤에 집으로 돌아가면 어때?"

네? 하고 유키미야가 눈을 깜빡이자 고개를 홱 돌리는 여고생.

"차, 착각하지 마. 지금 상태로는 본무대를 망치지 않을까 걱정될 뿐이니까. 지도자의 책임감이란 거야. 그냥 그뿐이라구."

……지금 엄청난 츤데레를 보았다.

정말로 남을 잘 돌보는 백로 차녀다. 이것도 '어머니 속성'의 조화인가.

유키미야가 날 쳐다보기에 나는 고개를 끄덕였다. 그러자 기쁘게 웃으며 "그럼 말씀대로 조금만 더 있을게요"라고 말했다.

이 집이 마음에 든다면 얼마든지 머물러도 상관없다.

세바스찬이 없는 그 집은── 무척 쓸쓸할 테니까.

"사양은 필요 없어요, 시오리 씨. 내 집이라 생각하고 마음 편히 있다 가세요."

"왜 엘미라가 말합니까. 키키가 할 말입니다."

뱀파이어 소녀에게 곧바로 딴지를 거는 바가지머리 아이.

아니, 너도 더부살이인데…….

제3장 축제에 초대된 이형 존재들

1

그 뒤로 눈 깜짝할 사이에 주말을 맞이해 드디어 축제 당일이 왔다.

걱정과 달리 루니에가 전혀 움직이지 않았기 때문에 별 탈 없이 유키미야는 코바야시가에서 무사히 지내는 중이다. 최근에는 미온 선생님에게 열심히 노래 레슨을 받았다.

물론 방과 후에는 류가 일행과 함께 스튜디오 연습도 계속했다. 날마다 향상되는 유키미야의 가창력에 멤버는 혀를 내두르지 않을 수 없었다.

류가 밴드 출연 예정 시각은 오후 3시 반. 노력의 성과가 발휘하기를 바란다.

'축제가 끝나는 즉시 류가와 히로인들에게 세바스찬의 정체를 밝혀서 제3부의 전반을 유키미야 에피소드와 병행하자.'

톳코의 등장부터 생각하면 스토리가 상당히 늘어지고 있다. 뭐, 사신 히로인 마지막 메인 스토리니까 이만한 볼륨이어도 괜찮겠지.

'미안하지만 쿠로가메의 메인 에피소드는 편집이다. 클레임은 별로 없을 거야. 어디에도 수요가 없을 테니까.'

그런 내 속내는 잠시 미뤄두고.

"코바! 커피 3잔 1번 테이블!"

"그리고 5번 테이블 주문받아와! 꼭 '오셨습니까, 주인님'이라고 말하는 거 잊지 마!"

우리 2학년 B반은 매우 혼잡한 상태였다. 예상과 달리 '남자 메이드 카페'가 매우 성황인 탓이다.

복도에는 긴 줄이 늘어서 있고, 대기 시간은 무려 20분 이상이다. 말할 것도 없이 이 대성황의 주요 원인은——.

"야, 저 애 아니야? 애들이 말하던!"

"우와! 진짜로 여자애로밖에 안 보여!"

"저게 남자라니……. 으음, 가능!"

그렇다. 우리 간판 메이드인 히노모리 류가였다.

손님 대부분이 남성이었으며, 그 대부분이 류가가 목적이었다.

"어, 커피랑 쿠키 2개씩이죠. 잠시 기다려주세요, 주인님."

하늘거리는 스커트를 펄럭이며 서둘러 주방에 주문을 전달하는 여장 남자……인 척하는 남장여자. 나도 무슨 말인지 모르겠다.

류가의 메이드 차림이야 이제 보아 익숙한 수준이었건만, 역시 특출나게 어울렸다. 게다가 이미 적응해버렸는지 영업 미소도 완벽했다. 당연하지만 다리는 털 없이 매끈했다.

'소문이 날 만도 하지. 남자라고 듣고도 전화번호를 건네고 싶어질 거야.'

참고로 엘미라는 오후부터 주방에 들어갈 예정이다. 아

직 오전이므로 지금은 교내를 돌며 축제를 만끽하고 있다.

점심을 지나면 당번을 바꾸니까 그때 우리도 축제를 돌아다닐 예정이다. 류가와 같은 타임이라 다행이군.

'그러고 보니 아기토 녀석은 엘미라랑 같은 타임이었던가. 그렇다면 그 녀석도 지금은 자유 시간이……'

그렇게 생각한 순간. 당사자인 아기토가 교실로 들어왔다. 점원이 아니라 손님으로.

'칫, 역시 왔나.'

뭐, 이쯤은 예상했다. 아기토가 축제에 적극적으로 협력한 건 오로지 '메이드 류가'를 보기 위해서였으니까. 일부러 휴전 제안까지 해가며 말이다.

빈자리에 앉은 아기토의 접객은 바로 그 류가였다. 타이밍이 나쁘군. 메이드가 5명이나 있는데 쓸데없이 운은 좋아서……. 역시 놈에게는 주인공의 소질이 있는 건가?

"왜 네가 손님으로 오는 거야……. 내 메이드 모습이라면 아침에도 봤잖아?"

류가가 주문조차 듣지 않고 아기토 앞에 커피를 거칠게 내려놓았다. 무척 불쾌한 얼굴이었다.

한편 변태 신사는 류가의 무뚝뚝한 대응은 보이지도 않는지, 메이드 버전 류가를 머리부터 발끝까지 마치 핥듯이 바라보았다. 희망대로 고양이 귀 머리띠까지 달려 있었으므로 그는 매우 만족스러운 듯했다.

"이 모습을 꿈에서까지 봤다, 히노모리. 이제 나는 죽어

도 여한이 없어."

큰일 날 소릴. 네가 죽으면 제3부는 어쩌라고.

"아직 기다리는 손님이 많으니까 얼른 마시고 나가. 그리고 그대로 전학 가버려."

"먼저 '어서 오세요, 주인님'을 해야지. 직무를 내팽개칠 셈인가?"

류가가 반론하지 못하고 "크으으!" 하고 분을 삼켰다. 분한 듯이 아기토를 노려보는 모습조차 모종의 서비스 같았다.

"어, 어서 오세요, 주인님……."

"좋아. 다음으로 '커피 설탕은 몇 개 넣으시겠습니까'다."

"커피 설탕은 몇 개 넣으시겠습니까."

"좋아. 이어서 '괜찮으시면 제가 스푼으로 저어드리겠습니다냥'을 하도록."

"괜찮으시다면 내가 스푼으로 저어드리겠습니다……냥."

고통스러워하며 지시에 따르는 류가. '제가'가 아니라 '내가'라고 말한 건 최소한의 저항인가.

"좋아. 다음은 '대신에 주인님은 제 안을 저어주세요. 당신의 농후한 밀크를 부어주세요. 응호오오오—웃' 해야지."

"커피 부어버린다!"

큰일 났다. 우리의 주인공이 예상대로 성희롱을 당하고 있다!

어떻게든 돕고 싶었지만 나도 아직 메이드 직무를 수행

하는 중이다. 또 새로운 손님이 들어와서 주문을 받으러 가야 한다.

'류가, 조금만 더 참아줘. 이 주문을 받고서 접객을 교대하자. 아기토 상대는 내가 할게.'

그렇게 생각하면서 새로 온 2인 손님에게 물을 가져다준 순간── 나는 굳었다.

두 사람 다 아는 얼굴이었다. 불량해 보이는 은발의 흑 갸루와 덩치 큰 근육질 승려였다.

"너, 너희들……!"

'나락의 팔걸'인 만장·시마, 그리고 계장·사이힐이다.

궁기의 부하인 치타 사도와 장수풍뎅이 사도다.

"안녕 코바이치, 꽤 어울리넹~. 커피 두 잔 부탁해. 맨 션에서는 내가 타줬으니까 그 보답으로."

"코바야시 이치로여. 그 다리털 벌할지어다."

나는 설마, 하는 생각에 고개를 돌려 아기토를 보았다. 하지만 여전히 류가를 끈질기게 붙들고 있을 뿐, 이쪽은 관심조차 없었다.

"어이, 너희들 축제 중에는 휴전하기로 했던 거 아니냐? 왜 여기 왔지? 아기토의 지시인가?"

"축제 입장권은 걔한테 받았지만 관계없어. 그냥 놀러 왔을 뿐이야."

"휴전 약정은 궁기 님의 엄명. 소승들이 깰 수는 없다."

적 캐릭터인 주제에 놀러 왔다니…… 설마 나랑 엮인 탓에 이 녀석들도 코미디에 감염된 건가? 코바야시균이 살아서 장까지 간 건가?

"잘 들어, 문제 일으키지 마라. 그리고 류가와 엮이지 마. 너희의 정체를 들키면 축제 따위나 하고 있을 상황이 아니게 된다고."

"핫항~. 들킬 만한 실수는 안 해. 히노모리 류가는 물론이고 아기토한테도 엮이지 말라는 소리를 들었으니까."

"그리고 여기에 올 거면 오후에 와. 메이드인 아기토를 만날 수 있으니까."

"그딴 거 보고 싶지 않아! 지금 하는 이야기지만, 쟤는 재수 없어. 내 기타 연주에 일일이 트집을 잡는다고!"

"그만두거라 시마. 아기토 님은 궁기 님의 그릇이시다. 그 폭언, 벌할지어다."

그런 궁기 님의 그릇에 다시 시선을 돌려보니── 류가에게 있는 힘껏 쟁반으로 얻어맞고 있었다. 신발 앞코에 붙인 손거울로 치마 안을 들여다보려던 걸 들킨 모양이다.

"뭐하는 건가, 히노모리. 이건 화낼 일이 아니라 오히려 기뻐할 일 아닌가."

"기뻐할 리가 없잖아! 됐으니까 빨리 마셔! 뜨거워도 참고 마셔!"

"주인님으로서 명령한다. 입으로 먹여다오."

"누, 누가 그런 짓을! 분명히 말하는데 나는 니가 진짜 싫어!"

"또 그렇게 미적지근한 대답을…… 그럼 놓아주는 대신 한 가지 부탁을 들어주었으면 한다. 농담이 아니라 진짜 중요한 부탁이다."

"뭐, 뭔데."

"네 팬티를 다오."

"여기 경찰분 없으세요?!"

나는 그런 대화를 통탄하며 바라보는데 흑갸루는 재밌다는 듯이 깔깔 웃더니 어느새 의자에서 일어나 친한 척 내 어깨에 손을 두었다.

"이 가게는 성희롱도 OK야? 나도 해버릴까~."

"그만두거라 시마. 그 나쁜 손, 벌할지어다."

"아니면 반대로 코바이치가 성희롱할래? 내 팬티 색을 맞추면 당장 벗어서 줄게."

"그만두거라 시마. 그 팬티 맞추기 게임, 벌할지어다. 검은색에 한 표."

……그로부터 약 10분 뒤.

나와 류가를 지독하게 애먹인 끝에 겨우 제3부의 적 캐릭터들이 돌아갔다. 불행 중 다행일까, 류가는 사도 두 명의 존재를 알아채지 못한 것 같다.

'정말이지 단숨에 녹초가 됐어……. 아직 오전인데.'

그렇지만 교대 시간까지는 아직 30분이나 남았다. 손님은 끊일 기색이 없고 한숨 돌릴 여유도 없다.

류가도 정신을 가다듬고 다음 손님을 맞이하러 갔다.

이번에는 혼자 온 젊은 남자였다. 어째서인지 모자를 깊이 눌러쓰고 선글라스를 끼고 묘하게 들떠 있었다. 명백히 수상한 손님이다.

"어서 오세요, 주인님. 주문은 정하셨습니까냥?"

다시 영업 미소를 짓고 생긋 웃는 메이드 류가.

그런 그녀를 뚫어지게 보더니 에헴 하고 헛기침을 하는 수상한 남……아니?! 저 녀석은!

"어, 음, 커피 한 잔……. 아, 러브를 10번 정도 넣어주세요."

"알겠습니다. 설탕은 몇 개 넣을까요?"

"러브만으로 충분합니다. 그리고 아까 들었는데……. 류 가땅의 팬티 테이크 아웃 될깝쇼?"

"그런 서비스는 하지 않습…… 너, 도철이지!"

"어, 어떻게 알았지?!"

"모를 리가 있나! 그 변장, 레이 선배의 데이트를 미행하던 이치로랑 완전히 똑같잖아!"

역시 도철이었다. 언제 나온 거야…….

야, 신발 끝에 손거울 붙이지 마. 쟁반으로 얻어맞는다.

2

갖가지 트러블을 맞닥뜨리면서도 겨우 담당 시간을 끝마쳤다.

메이드 업무에서 해방된 나와 류가는 예정대로 함께 교내를 돌기로 했다.

참고로 도철은 이미 회수했다. 고양이귀 메이드 류가를 본 시점에서 더는 축제에 용건은 없다고 한다. 결국 손거울을 들켜서 쟁반으로 얻어맞았지만.

"어쩔래, 류가? 먼저 어디부터 돌까?"

"우선 C반을 들여다볼까? ……아, 그렇지 이치로."

원래의 남자 교복으로 갈아입고 둘이서 B반 교실을 나오자마자. 갑자기 류가가 눈살을 찌푸렸다.

"아까 손님 중에 시마 씨가 왔었지? 요전에 볼링장에서 만난 텐료인의 친구."

"응? 아아. 놀러 왔다던데."

"그리고 그 여자랑 같이 있던 사람, 전에 우리한테 말 걸었던 탁발승(동냥을 다니는 승려) 맞지?"

숨기려고 했는데 눈치챘나……. 그렇게 눈에 띄는 콤비니 그럴 법도 하지만. 정체까지 들키지 않은 것만으로 다행이다.

"그 두 사람은 어떤 사이야? 무슨 관계인지 전혀 짐작이 가지 않는데……"

"가, 같은 맨션에 산다나 봐. 혹시 사귀나."

"스님이 맨션에 살아? 여고생이랑 사귀어? 위험하지 않아? 계율로 봐도 논리로 봐도."

"아마 승려는 코스프레일 뿐이겠지. 진짜 직업은 따로

있을 거야."

나는 적당한 말로 얼버무리고 그대로 C반 교실에 들어갔다. 유키미야네 반은 '사랑의 작대기 게임'을 한다고 했는데.

……그러나 아무래도 찾아온 타이밍이 나빴던 것 같다. 유키미야는 오후 교대조라 부재. 게다가 게임은 정원이 모일 때까지 대기 중이었다.

참가 희망자는 현재 남성 3인. 그러나 여성이 한 사람도 없었다. 언제 시작할 수 있을지 모를 사태였다.

"저기 류가. 유키미야가 없나 봐. 다른 데 가자."

"그래. 어처피 처음부터 구경만 할 생각이었으니까. 우리는 이미 커플인걸."

자못 당연하다는 듯한 류가의 말에 내가 경련의 미소를 짓고 C반을 나가려던 순간, 게임 참가 희망자가 새로 나타났다. 갈색 머리카락에 별 모양 피어스, 더없이 가벼워 보이는 오메이 고등학교 남학생이었다.

"사, 사사키 선배?!"

나는 반사적으로 반응하고 말았다.

3학년 사사키 요스케였다. 학생회의 서기이자 검술도장·월상관에 다니며, 한때 미온을 끈질기게 따라다닌 바로 그 사사키였다.

"오? 코바야시잖아. 뭐야, 너도 사랑의 작대기를 하러 온 거냐?"

우리를 알아본 사사키가 흥 하고 코웃음을 친다.

류가는 조금 울컥한 것 같지만 나는 안심했다. 다행이다, 이전과 똑같은 리액션이다. 지금도 나를 보잘것없는 잔챙이라고 생각하는 모양이다.

"하다못해 게임으로라도 커플이 되고 싶은 거냐? 포기해라 코바야시. 네 그 면상으로는 아무리 생각해도 인기가 있을 리가——."

"사사키선배에에에—엥! 오랜만입니다아아아—!"

비웃음당한 게 기뻐서 나는 참지 못하고 사사키를 껴안았다.

"으악! 무슨 짓이야! 기분 나빠!"

"당신뿐이야아—! 나를 모욕하고 경멸하고 멸시해 주는 이해자는 당신뿐이야아—!"

"왜 이상한 말투를 쓰는 거냐, 야! 떨어져 바보야!"

"핫…… 그, 그렇죠. 딴 사람 아닌 제가 분별없이 본 모습으로 반응해버렸습니다. 그럼 다시…… 누가 인기가 없다는 거야! 우습게 보는 것도 정도껏 해, 제길!"

"나는 네가 무서워졌어……."

그때 C반 여학생들이 나서서 우리에게 말을 걸었다.

"음, 남성이 딱 6명이 됐으니 게임을 시작하려고 합니다. 죄송하지만 여성진으로 우리 C반 스태프가 참가할게요."

6명? 그 말은 먼저 온 남성 3인과 사사키와…… 나랑 류가까지 넣은 거야? 게다가 여자는 전부 바람잡이고?

"이봐, 그건 아니지! 완전히 경기 조작이잖아⋯⋯. C반이면 하다못해 그 애는 없어? 유키미야라는 엄청 귀여운 애──."

사사키가 낙심한 목소리로 말한 바로 그때.

"기다리세요. 그 게임, 저도 참가하겠어요!"

"마찬가지로 나도 참가할래."

갑자기 이의를 제기하며 두 여자가 당당하게 교실로 쳐들어왔다.

진홍빛 곱슬머리, 학교에서 유키미야에 뒤지지 않는 인기를 가지고 있으며 오전 내내 학교를 돌아다닌 뱀파이어 소녀.

그리고 이 근처에선 볼 수 없는 세일러 교복 차림에, 옆으로 묶은 머리와 살짝 올라간 눈꼬리가 매력 포인트인 백로 소녀였다.

'엘미라는 그렇다 치고 왜 미온까지 온 거야!'

나는 물론이고 류가도 기겁하고 있었다.

삼 공주와는 공동묘지에서 전투를 치른 이후 처음 마주쳤기 때문이다. 사실은 슈퍼에서 매우 가까이 있었지만.

"미, 미온! 어째서 네가 이곳에?! 너희에게는 묻고 싶은 일이 많──."

곧장 붙잡고 따지려 들던 류가를 한 손으로 저지하는 차녀.

"그 이야기는 나중에 해, 히노모리 류가. 자, 빨리 게임을

시작하지. 내가 '나락의 삼 공주'에서 묻어가는 포지션이
아니라는 걸…… 이 자리에서 증명해주겠어!"

"어머나, 저한테 이길 생각인가요? 가소롭군요, 미온.
부디 창피 받지 않도록 열심히 애쓰세요."

갑작스럽게 나타난 두 미소녀에게 되살아난 듯이 "우오
오오!" 하고 흥분하는 사사키 외 남성진.

"아니?! 전에 꼬시다 실패한 미온이잖아! 거기에 엘미라
까지! 어떡하지! 누구를 고르면 좋은 거냐!"

"참가하기를 잘했어! 이렇게 귀여운 애가 두 명이나 오
다니!"

"세일러복 최고! 나는 저 애한테 걸겠어!"

"외국인이다! 빨간 머리카락의 외국인이다!"

이제 사퇴할 수 없는 상황이 되는 바람에 휩쓸리듯이 '사
랑의 작대기 게임'이 시작되었다. 류가도 하는 수 없이 참
가했다.

늘어선 책상을 끼고 마주 보고 착석하는 12명의 참가자.

남성 중에는 할아버지가 한 사람 있었다. 이 학교에 손
주라도 있는 걸까.

"반드시 미온이나 엘미라와 커플이 되겠어……. 카즈히
코 녀석이 여자친구랑 같이 왔다고……! 놈이 의기양양하
게 다니는 꼴을 보고만 있을 순 없어!"

사사키가 불타고 있다. 참고로 카즈히코란 아오가사키
의 소꿉친구다. 지금은 월상관에 다니고 있지만, 대학 수

험을 마치면 다시 아오가사키 도장으로 돌아올 거라고
한다.

"그럼 시작! 남성분들 적극적으로 질문해주세요!"

게임 진행자 겸, 여성 참가자의 신호로 남자들이 달려들
기세로 질문을 퍼부었다.

"미온! 이따가 옆 반 메이드 카페에서 차 마실래? 우리
반 야키소바도 좋아! 물론 내가 사줄게! 여자애 지갑을 열
게 할 수는 없지!"

"엘미라라고 했나? 처음 만났지만, 이전부터 줄곧 좋아
했어!"

"미온 씨! 설령 네가 인간이 아니더라도 나는 그대를 고
르겠어!"

"빨간 머리의 외국인이여! 나는 당신을 엘미라라고 부르겠
소!"

역시나 엘미라와 미온에게 인기가 집중됐다. 게임이 열
기를 띠자 C반의 바람잡이들도 기뻐했다.

"호호호, 난처하네요. 저는 이미 자식이 있답니다?"

조금도 난처하지 않은 주제에 순진한 척하는 흡혈귀. 이
봐 갑자기 애가 있다는 소리 하는 거 아니야.

"응~ 어쩌지. 나, 이래 보여도 주부인데~."

백로인 주제에 내숭을 떠는 장군. 시마도 그렇고 사도는
축제를 좋아하나?

아예 뒷전이 된 나와 류가를 무시하고 사랑의 작대기라

는 이름의 플러팅 합전은 계속 이어졌다.

고작해야 게임이지만 남자들은 필사였다. 듣기로 이 '사랑의 작대기 게임'은 오메이 고등학교의 전통적인 행사이며 진짜로 커플이 된 사람들도 꽤 있다고 한다.

……그때 옆에 있는 류가가 불쑥 나에게 귓속말을 했다.

"이치로. 엘이랑 미온을 고르면 안 돼. C반 스태프로 지명해줘."

"응?"

"게임이라 해도 별로 기분 좋지 않으니까."

못을 박을 것도 없다. 내가 지명할 상대는 이미 결정했다.

"──그럼 기다리시던 지명 타임! 각자 앞에 있는 종이에 마음에 든 분 성함을 적어 주세요! 서로 지목하면 커플이 성립됩니다!"

15분쯤 토크를 마치고 사회자가 그렇게 선고한다. 드디어 발표다.

'위험해, 긴장되잖아……. 은근히 진심으로 골라버렸으니까…….'

사회자의 지신에 따라 일제히 종이를 든 12인.

그 결과── 놀랍게도 딱 한 커플만 성립했다.

먼저 C반의 스태프 4명은 모두 류가를 적었다. 엘미라와 미온은 내 이름을 썼다.

그에 반해 사사키 외 남성진 4명은 엘미라에게 2표, 미온에게 2표. 나는 사사키의 이름을 적었는데 '취지가 다르다'며 무효표 처리당했다.

마지막으로 류가인데 그녀는 무난하게 스태프 중 한 명인 고토쿠지 이름을 적었다. 그리고——여기서 서로 지명이 성립해버렸다.

"됐습니다! 커플 탄생입니다! 히노모리와 고토쿠지에게 박수를!"

일동이 메마른 박수를 보내는 가운데 류가가 통한의 표정을 지었다. 한편 고토쿠지는 회심의 표정으로 주먹을 쳐들며 "좋았어—!"라며 승리의 함성을 질렀다.

고토쿠지 타케코. 신장 170센티미터, 체중 80킬로그램. 소프트볼부에서는 포수를 맡고 있으며 1학년 때부터 부동의 4번 타자. 홈런은 통산 30개이다.

"어째서야 미온! 어째서 내가 아닌 거야! 웃기지 마, 코바야시! 왜 네가 인기 있는 거냐아아—!"

"코바야시 이치로! 나를 지명하지 않다니 무슨 생각이에요?! 시즈마에게 뭐라 해명하실 작정인가요?!"

"이치로 군! 나, 믿었거든?! 뭐라 해도 정실 포지션은 나라고……. 어째서 사사키에게 그 자리를 빼앗겨야 하는 거야!"

"그보다 이치로! 왜 남자를 지명한 거야! 그럴 거면 히노모리 류가라고 쓰면 되잖아! 이 바람둥이!"

각각의 관계자들이 어째서인지 나에게 비난의 목소리를 쏟아냈다. 펜까지 날아왔다.

이런 살벌한 게임이라고 생각하지 못했다. 나는 그저 사사키랑 가까워지고 싶었을 뿐인데……. 옆에서 웃고 싶었을 뿐인데…….

부당하게도 사죄해야 할 분위기가 되어가던 가운데 사회자가 손뼉을 짝 쳤다.

"앗, 다음 참가 희망자들이 모였군요! 그럼 이 게임은 여기까지! 히노모리와 고토쿠지 축하드립니다!"

……그 뒤로 얼마 지나지 않아서. 사사키는 울먹이며 교실을 뛰쳐나갔다.

엘미라와 미온은 "스트레스 풀러 먹으러 갈래"라는 말을 남기고 어딘가로 사라졌다.

그리고 류가 역시── 고토쿠지한테 어딘가로 납치되고 말았다.

3

C반 교실을 나와 이러지도 저러지도 못하고 있는데 잠시 뒤 류가에게 메시지가 왔다.

잠시 고토쿠지와 교내를 돈다고 한다. 지명한 직후니 데이트 신청을 거절하지 못했겠지. 여전히 강요에 약한 주인공이다.

'큰일 났네. 설마 고토쿠지에게 류가를 강탈당하다니…….
하지만 그 쁘띠 데이트를 방해했다간 고토쿠지의 북두강

장파를 먹을 수도 있어.'

한동안 고민한 끝에 나는 일단 쿠로가메가 있는 2학년 E반에 가보기로 했다. 쿠로가메네 반은 '귀신의 집'이었을 거다.

귀신을 무서워하는 류가와 들어가면 여자 같은 리액션이 나왔을지도 모른다. 혼자 있을 때 클리어해두자.

'그러고 보니 시마와 사이힐은 어디로 갔지? 그 녀석들과 미온이 맞닥뜨리면 귀찮아질지도 몰라. 찾는 편이 좋으려나.'

사람들로 북적이는 복도를 나아가자 이내 2학년 E반이 보였다.

"아, 코바야시 씨."

우연히도 그곳에 유키미야가 있었다. 아무래도 그녀도 쿠로가메를 만나러 온 모양이다.

"어, 유키미야. 지금은 자유 시간이야?"

"네. 코바야시 씨는 히노모리 군과 함께 아니셨나요?"

"유감이지만 류가는 포수에게 블로킹 당했어."

영문도 모른 채 고개를 갸웃하는 유키미야에게 '사랑의 작대기 게임' 전말을 설명했다.

그러자 미온의 이름을 듣고 그녀는 무척 미안한 표정을 지었다.

"죄송해요, 코바야시 씨. 제가 미온에게 입장권을 줬어요."

"그, 그랬어?"

"네. 꼭 가지고 싶다고 졸라서……. 각각 미온과 키키에게 줬어요."

"그럼 바가지머리 꼬마도 왔다는 얘긴가……."

오메이 고등학교 축제는 누구나 입장할 수 있는 게 아니다. 입장권을 가진 사람밖에 들어올 수 없다.

학생들에게 입장권이 두 장씩 배부되고 누구에게 양도할지는 자유다. 사이힐과 시마는 아기토에게 얻었겠지. 그리고 미온과 키키는 유키미야에게 받은 것이다.

참고로 주리는 입장권이 필요 없다. 우리 학교 보건교사이니까.

"그런데 유키미야. 톳코는 얌전히 있어?"

"네. 조금 전에 초코바나나를 두 개나 사줬어요. 그리고 야키소바도 사주기로 약속했어요."

너무 풀어주는 거 아닐까. 그거 전부 유키미야의 위로 들어가는데…….

그런 생각을 하는데, 갑자기 유키미야가 쓸쓸히 시선을 떨어뜨렸다.

"세바스찬은…… 역시 궁기한테 간 걸까요. 생각해보니 딱 오늘로 그의 휴가 기간이 끝나더군요."

아래를 향한 채 그런 말을 불쑥 중얼거리는 유키미야.

……그러고 보니 루니에는 세바스찬으로 일주일 휴가 신청을 하고 떠났었다. 이 상황이면 그대로 퇴직이 될 듯하다.

그리고 그의 휴가와 마찬가지로 궁기와 휴전 협정도 오늘까지다. 【쇼타 마신】이 움직인다면 루니에도 움직일지 모른다. 제3부는 내일부터 본방이다.

"코바야시 씨와 히노모리 군도 마찬가지겠지만……. 제 부모님은 일이 바쁘셔서 좀처럼 집에 오지 않으세요."

속내를 털어놓는 유키미야. 지나가는 남자 대부분이 그녀에게 시선을 빼앗겼다.

하지만 말을 거는 자는 없었다. 플러팅에 넘어갈 분위기가 아니라는 걸 그녀의 표정으로 감지한 것이리라.

"그래도 외롭지 않았던 건 세바스찬이 있었기 때문입니다. 그는 제 부모님께 '아가씨를 위해 다시 무리해서라도 저택으로 돌아와 주십시오' 하고 늘 부탁하곤 했죠. 그것도 연기였을까요?"

내가 아무 말도 못 하자 유키미야의 맑은 눈동자가 나에게 향했다.

"코바야시 씨, 기억하세요? 예전에 한번 코바야시 씨께 선상 파티 동행을 부탁한 적이 있었지요? 새로 온 집사라는 명목으로."

"그래. 당연히 기억하지."

"그때 세바스찬이 자신의 후계자를 빨리 키우고 싶다고 했었죠……. 어쩌면 진심이었는지도 몰라요. 그 무렵에는 이미──제 곁에서 떠날 생각을 하고 있었던 거겠죠."

"저기 유키미야. 말이 나온 김에 물어보고 싶은 게 있는데."

나는 입술을 깨무는 유키미야를 바라보면서 입을 열었다.

원래 더 일찍 물어봤어야 했다. 슈퍼에서 루니에와 만난 이야기를 한 그날 밤에라도.

"네? 뭔가요?"

"지금 생각났는데, 루니에가 오른손 검지에 유리구슬로 만든 반지를 끼고 있더라고. 그거……."

"네. 제가 준 반지예요. 초등학생 때 만든……. 빼도 된다고 몇 번이나 말했는데 '소중한 물건'이라고……."

역시 그랬나.

대기업 집사답지 않은, 아무리 봐도 직접 만든 것 같은 장난감 반지. 유키미야가 준 선물이고, 루니에는 지금도 그걸 끼고 있다.

'이렇게 되면 점점 더 알 수가 없군……. 루니에는 진짜 유키미야를 단순한 톳코의 그릇이라고 생각하고 있는 건가? 정말로 세바스찬이길 그만둔 건가?'

왕거미 사도는 궁기의 환심을 사려 하고 있다……. 그건 틀림없다.

하지만 나는 결국 루니에의 진의를 가리지 못했다. 이걸 해결 못 하고 그를 쓰러뜨리는 건 좋은 전개가 아니다.

나는 가능하면 '유키미야 시오리 서브 스토리'를 루니에가 돌아오는 결말로 만들고 싶다. 이쯤은 다소 억지를 부려도 괜찮지 않을까.

이 에피소드를 유키미야가 울면서 끝내는 결말로 하고

싶지 않다──그것이 나의 솔직한 심정이다.

"유키미야. 역시 다시 한번 루니에와 이야기를 해보자. 네 마음을 루니에에게 제대로 전달해야 해."

"네? 하, 하지만……."

"엘마라도 말했지만 포기할 거 없어. 포기하면 거기서 에피소드 종료다. 괜찮아, 내가 어떻게든 할게."

"제 고집으로 코바야시 씨께 그렇게까지 폐를 끼칠 수는 없어요……."

"게임센터에서 말했지? 유키미야의 문제는 내가 반드시 해결한다고. 톳코 일뿐만 아니라 지금은 루니에 일도 포함 해서야. 만에 하나 사고나 트러블이 있어도 폭넓게 대응할게……. 그게 내 모토다."

눈썹이 쳐지며 "네에……" 하며 곤란해하는 유키미야에게 나는 보험설계사 같은 수다를 떨었다. 안심 코바야시 서포트를 추천한다.

"반드시 루니에를 유키미야 앞에 데려올게. 끌고서라도 데려올게."

"하지만……."

"설령 때려서라도 속여서라도 저기 걸어 다니는 외국인을 대역으로 삼더라도 반드시 데려올게. 신뢰와 실적의 코바야시 서포트에게 맡겨줘!"

"사기 같아요! 코바야시 서포트!"

참지 못하고 딴지를 걸더니 유키미야는 쿡쿡 웃었다.

나도 모르게 넋 놓고 보게 되는 가련한 미소였다. 만약 그녀가 '사랑의 작대기 게임'에 참가했다면 뱀파이어와 백로 사도는 패배했을지도 모른다.

　"하지만 그러네요. 저도 그때 게임센터에서 말했지요. 코바야시 씨를 따르겠다고⋯⋯. 코바야시 씨는 제 '전속 어드바이저'니까요."

　"그래. 말하는 김에 요리에 관한 충고도 들어줘."

　"요리는 걱정 없습니다. 이제 제 솜씨는 3성급이라고 자부합니다."

　"그거 별 셋 다 사조성(死兆星)이라니까!"

　"너, 너무해요! 제 요리는 도철 씨가 인정했다고요!"

　기운을 차린 유키미야가 나를 투닥투닥 때릴 때였다.

　눈앞의 E반 교실에서 낯익은 쇼트커트 소녀가 얼굴을 휙 내밀었다.

　"앗, 잇군에 시오짱! 귀신의 집에 놀러 온 거야?"

　다름 아니라 쿠로가메였다. 접수 담당인지 귀신 분장은 하지 않았다.

　현명한 판단이다. 이렇게 쾌활하고 시끄러운 사람에게 귀신 역할을 맡길 수 없다.

　"지금이라면 5분 안에 들어갈 수 있어! 정말로 밴텀급으로 무섭다구!"

　"그게 무서운 건가."

　얼굴을 찌푸린 내 옆에서 유키미야가 "그럼 모처럼 왔으니 들어갈까요"라며 내 손을 끌고 줄 맨 끝에 섰다.

우리 앞 손님은 겨우 두 명. 곧 점심시간이라 손님 발길이 뜸한 타이밍인 것 같다.

'원래 나도 그럴 생각으로 왔고 지금은 유키미야랑 함께 즐길까. 고토쿠지에게 잡힌 류가에게는 미안하지만⋯⋯.'

하지만 아쉽게도 그렇게는 되지 않았다.

이 귀신의 집은 한 사람씩 차례로 들어가게 되어 있는 모양이다. 커플로 꺄꺄우후후 하고 즐길 수 없는 가혹한 구조였다.

"유감이네요. 코바야시 씨를 에스코트하고 싶었는데⋯⋯. 그럼 저부터 먼저 들어갈게요."

꾸벅 인사하고 어둑한 실내로 발을 내디디는 유키미야.

안을 향해 "1명 안내~"라고 외친 쿠로가메의 목소리는 확실히 귀신의 집과는 어울리지 않았다. 패밀리 레스토랑 같았다.

내 차례를 기다리는 동안 나는 왕거미 사도 대책을 고민했다.

'인류와 공존하도록 설득하는 건 나중에 하고, 먼저 녀석이 궁기와 동맹을 포기하게 만들어야 해.'

루니에가 궁기와 결탁하려는 이유는 톳코 진영의 전력이 불충분하기 때문이다.

그의 부하들은 이계에 있고 이쪽으로 불러들일 수단이 없다.

혼돈이 '이계의 문'을 열어서 루니에의 부하를 소환하는 건 어떨까? 궁기에게 대항할 전력을 얻으면 루니에도 계획을 수정하지 않을까?

'이계의 사도가 줄면 그만큼 시즈마의 일도 편해질 테고. 궁기에게 들키기 전에 빨리 이계를 장악해야 해……'

거기까지 생각했을 때 내 생각을 찢고 느닷없이 E반 교실에서 큰 비명이 들려왔다.

무척 익숙한 【촌티 마신】이 아우성치는 소리였다.

"뜨하아아아—! 나왔소오오오—!"

톳코다! 틀림없이 톳코다! 이 멍청이가 또 멋대로 튀어나왔어!

이어서 우당탕탕 물건이 쓰러지고 뒤집히는 소리가 들렸다. 그리고 얼마 안 있어 귀신 분장을 한 학생 여럿이 연달아 복도로 뛰쳐나왔다.

"나, 나왔다아아아—!"

"귀신이 나왔다아아아—!"

"사다코 같은 커다란 여자 유령이이이이—!"

혼돈에 빠진 E반 스태프들을 보고 쿠로가메가 눈을 깜빡거렸다.

"다, 다들 왜 그래?! 그야 나오지! 귀신의 집인걸!"

"아니야, 리나! 진짜로 나왔어! 다리가 없었으니까 진짜야!"

"제대로 고사를 지내지 않아서인가?"

"이런 축제에서 하는 이벤트 정도로 굳이 저주를 내릴 건 없잖아!"

벌벌 떠는 귀신들을 쿠로가메에게 맡기고 나는 곧바로 교실로 돌입했다.

두꺼운 커튼을 친 어둠 속에 나뒹구는 책상과 의자에 주의하면서 나아가니…… 유키미야가 있었다.

혼이 빠진 듯이 고개를 떨구고 서 있는 학교 아이돌. 그 뒤에는——.

이상하게 긴 흑발의 가냘픈 체구에 얇은 검은 드레스를 입은, 20세 전후로 보이는 '거대한 여자 유령'이 모습을 드러냈다.

"어이 톳코! 나오면 안 되잖아! 얼른 들어가!"

"이, 이치로 성……. 무섭슴메……. 무섭슴메에에에—!"

"네가 더 무서워!"

나를 향한 톳코(전투 버전)는 긴 앞머리로 가려져 얼굴이 잘 보이지 않았다. 하지만 그 틈으로 들여다보이는 두 눈이 기분 나쁘게 번뜩이며 빛났다.

비주얼이 무섭기로는 【마신】 중 제일이라 하겠다. 입을 열면 다 망치지만.

"내는 이형은 괜찮지만 귀신은 안 되오……."

"별 차이 없잖아!"

"오금이 저려서 움직일 수 없슴메……."

"하반신까지 나오지 않았잖아!"

"그리고 어쩐지 속이 답답함메…….."

"초코바나나를 두 개나 먹으니까 그렇지!"

"맞소. 이럴 때는 춤추면서 공포를 잊는거우다. 이치로성, 거기서 내 풍어 기원 춤을 구경하시오."

"너무 초현실적이잖아! 사다코의 풍어 기원 춤이라니!"

……그로부터 얼마 지나지 않아. 간신히 톳코를 달래서 유키미야 안으로 들여보냈다.

그대로 기절해버린 유키미야를 안고 보건실로 가려 했다. 쿠로가메에게는 "사다코도 카야코도 하나코도 없었다"고 말해두었다.

'그리고 보니 텟짱도 귀신을 무서워했던가. 전에 호러 영화를 볼 때 한동안 혼자 밤중에 화장실에 못 갔으니까.'

【마신】들이여, 정신 차려.

하기야 우리의 주인공도 귀신은 무서워하지만.

4

"하아, 힘들었어. 고토쿠지가 좀처럼 놔주지를 않아서…….."

마침 점심이 되었을 무렵.

나는 겨우 류가와 다시 합류하여 교정으로 가기 위해 둘이서 복도를 걸었다.

덧붙이자면 보건실로 데려간 유키미야는 10분 정도 만

에 눈을 떴다. 톳코가 나온 건 알고 있었고 몸 상태에는 아무런 문제가 없는 것 같았다.

오후부터 '사랑의 작대기 게임' 스태프를 하기로 되어 있어서 서둘러 C반으로 돌아갔다. 그 직후 때마침 류가에게 연락이 왔다.

"그러고 보니 미온은 어디로 가버렸지? 결국 이야기를 하지 못했어……."

"나, 나도 찾았지만 발견하지 못했어. 엘미라랑 같이 있는 것 같으니까 괜찮지 않을까? 텟짱한테도 찾으라고 했으니까."

"응. 그보다 이치로, 빨리 가자. 레이의 히어로쇼가 시작하겠어."

우리가 교정으로 가는 이유는 아오가사키의 무대를 보기 위해서다.

아오가사키네 3학년 A반은 '인형 히어로쇼'를 선보이기로 하여 공연이 곧 시작된다. 1회 20분 정도 무대이며 1시간마다 한다.

'게다가 아오가사키 선배가 주연 히어로를 한다지. 밴드 연습도 있고 요 며칠은 힘들었을 거야.'

3학년인 아오가사키에게 이번은 마지막 축제다. 아마도 후회가 남지 않도록 완전 연소할 생각이리라.

'만약 연기력이 나무랄 데 없다면 여배우라는 길도 있겠어……. 외모는 완벽하니까.'

멋대로 '참무의 검사' 진로를 검토하면서 교정의 특설 무대로 갔다.

이미 객석에는 많은 관중이 모여 있었다. 200석 정도 되는 간이의자가 대부분 찼다.

우리가 간신이 두 사람 자리를 확보한 뒤에도 사람이 계속 왔다. 재관람자도 있는 것 같았다.

'꽤나 호평이로구나……. 남자 관객이 많은 건 역시 아오가사키 선배 때문인가?'

급기야 입석 관객까지 생기는 가운데, 맨 앞자리에는 애들이 무대에 달라붙어 이제나저제나 공연이 시작되기를 기다렸다.

"레이의 말로는 상당히 본격적인가 봐. 반에 이벤트 회사와 연줄이 있는 사람이 있어서 괴수 인형을 빌려왔대."

"헤에…… 역시 3학년이구나."

그때 화려한 음악이 흐르고 무대기 시작되었다.

바로 괴수 네 마리가 나타나 마을 미니어처를 발로 차며 날뛴다. 학교 수준을 넘어선 인형탈 퀄리티에 아이들은 마구 흥분했다.

스토리는 없는 거나 마찬가지지만 거기까지 바라는 건 무리겠지. 제대로 된 괴수를 만든 시점에서 이 기획은 거의 성공이라 할 수 있다.

'나머지는 히어로의 액션 장면에 달렸지. 어디까지나 중요한 건 주인공이 얼마나 멋지냐니까.'

슬슬 등장할 때인가……. 내가 몸을 내민 순간.

"거기까지다, 괴수들! 더 이상 행패는 내가 용서치 않겠다!"

늠름한 외침과 함께 무대 위에 연기가 성대히 깔렸다.

관객이 "오옷" 하고 놀라서 술렁인다. 나와 류가도 "오옷" 하고 말하고 말았다.

마침내 연기가 거쳤을 때——그곳에는 늘씬한 장신의 히어로 용사가 있었다.

가공한 풀페이스 헬멧에 어깨와 팔다리에 장갑이 달린 보디슈트. 검푸른 망토를 펄럭이며 손에는 낯익은 애도 '어신목도'를 쥐었다.

응. 아무리 봐도 아오가사키다. 무기는 물론 또렷이 드러난 몸매를 봐도 틀림없다. 저렇게 훌륭한 가슴과 엉덩이를 지닌 사람은 그라비어 아이돌 중에도 그렇게 없을 것이다.

"청룡가면, 등장! 지구의 침략자들이여 내 검의 녹이 되어라!"

청룡가면…… 의외로 있는 그대로다. 이름을 제대로 짤 시간은 없었던 건가.

하기야 안이하다고 생각해버린 까닭은 내가 아오가사키의 정체를 알기 때문이다.

실제로 아이들은 갈채를 보냈다. 학부형들도 갈채를 보낸다. 아버지들은 아마도 청룡가면의 음란한 보디에 기뻐하는 거겠지만.

"간다! 으랴아!"

화려하게 도약해 괴수 하나를 베어내는 청룡가면. 용맹한 BGM에 더해 〈촤악!〉 하는 효과음까지 넣었다.

"핫!"

연속해서 청룡가면이 목도를 하늘 높이 내던진다. 다가오는 괴수 두 마리를 백점프를 하며 발로 차고 다시 한번 공중제비를 해 쿵 하고 착지.

직후에 오른팔을 옆으로 뻗어 떨어진 목도를 탁 하고 잡는다. 마치 리듬체조 같은 기묘한 기술에 객석이 와아 하고 들끓었다.

"괴, 굉장하다! 웬만한 히어로쇼보다 대단해!"

"저 애는 누구야?! 진짜 특촬 배우인가?!"

"가슴이 날뛴다아—! 출렁출렁—!"

기립 박수를 보내는 관중. 나와 류가도 일어나서 박수를 보냈다.

"역시 레이야! 민첩해!"

"만점 액션이야. 아오가사키 선배가 주인공에 발탁된 건 절대 가슴만 이유가 아니야……. 저 초인적인 신체 능력이 있었기 때문이지."

시원스러운 움직임으로 일일이 요란하게 포즈를 잡고 몰려드는 괴수와 한참 격투를 이어가는 아오가사키. 아니 청룡가면.

……어느새 우리 3열 정도 앞에 오메이 고등학교 교복을

입은 2인조가 있었다.

"잘한다, 레이! 힘내!"

"히어로쇼지만 반할 만한 검술이에요. 역시 아오가사키 선배……."

한 사람은 검술 도장·월상관의 후계자인 야마나시 아사오. 한때 간장·바론에게 조종당해 아오가사키에게 결혼을 요구한 꽃미남 학생회장이다.

다른 한 사람은 11월부터 차기 학생회장으로 내정된 미야모토 치즈루. 마찬가지로 월상관 소속 여검사지만 지금은 아오가사키 도장에 임시 입문한 재원이다.

'얼핏 보면 어울리는 커플이지만 아마 두 사람은 사촌이었지.'

그런 생각을 하면서 쇼에 집중하기 위해 시선을 앞으로 향했을 때였다.

맨 앞줄에서 무대에 달라붙은 아이들 가운데 특히 필사로 성원을 보내는 어린 여자아이가 보였다.

작고 빨간 가방을 비스듬히 걸고 날씨가 맑은데 레인부츠를 신은 유치원생 같은 바가지머리 소녀다. 똑같은 모습을 한 여자애가 우리 집에도 한 사람 있다. 오늘도 함께 아침을 먹었다.

'……키키인가?!'

틀림없다. 우리 집 에조늑대 사도다. 잘 들으니 청룡가면이 아니라 괴수를 응원하고 있었다.

"한 사람씩 가면 안 됩니다! 숫자로 이기고 있으니 더 연계합니다!"

청룡가면에 손도 쓰지 못하는 괴수들에게 몸을 내밀고 지적을 날리는 바가지머리 꼬마. 완전히 장군 시선이다.

"지금입니다! 킥임니다! 눈입니다!"

하지만 그런 충고도 허무하게 괴수들은 차례차례 쓰러진다. "구에엑!" 그런 단말마의 사운드를 신호로 하나 또 하나 무대 뒤로 사라졌다.

"뼈저리게 깨달았나 괴수들! 이 청룡가면이 있는 한 지구의 평화는——."

드디어 대단원이 되어 아오가사키가 목청 높여 마무리 대사를 외치려 한 찰나.

"우쭐하지 마십찌오, 청룡가면! 아직 싸움은 끝나지 않아쭙니다!"

야수의 우스운 꼴에 속이 끓은 키키가 무대로 올라가버렸다.

콧김을 쌕쌕 내뿜으며 아오가사키를 매섭게 노려보는 삼 공주의 막내. 검지를 척 내밀며 발칙하게도 청룡가면에 도전했다.

"동료들의 원수는 이 울프가면이 갚게쭙니다! 정정당당하게 승부임니다!"

"키, 키키?! 맨 얼굴인데 가면이라고?!"

아무래도 좋은 부분을 지적한 뒤 아오가사키가 황급히

키키를 포획하려 했다.

"아무튼 키키, 잠깐 뒤로 와! 너희 삼 공주에게는 묻고 싶은 게 있다!"

"울프가면이라고 해쥽니다! 정체를 폭로하다니 히어로 주제에 섬세하지 못 합니다! 그런 너는 누구임까!"

"모르고 올라온 건가?! 나는 아오가──."

"문답무용임니다!"

"네가 물었잖아!"

곧바로 키키가 지면을 찬다. 한순간에 상대의 뒤로 돌아가 용서 없이 주먹을 날린다.

"빠, 빠르다……!"

공격을 종이 한 장 차이로 피하며 백스텝으로 거리를 넓히려는 '참무의 검사'.

그렇게 두지 않겠다는 듯 간격을 좁히며 계속해서 공격을 퍼붓는 폭장.

……갑자기 시작된 쇼의 제2라운드에 관객들은 그저 멍하니 있었다. 나도 어안이 벙벙했다. 옆에 있던 류가도 넋이 나갔다.

"적당히 해 키키! 역시 삼 공주는 인류의 적으로 돌아선 건가!"

"돌아서지 않아쥽니다! 하지만 키키의 부하를 괴롭힌 너는 용서하지 않쥽니다!"

"저건 네 부하가 아니라 우리 반 애들이야! 잘 들어, 이

건 연극이라고!"

"아이에게 그런 논리는 통용하지 않쭙니다!"

"크윽, 보호자들은 뭘 하는 거야?!"

죄송합니다. 보호자는 저로군요. 방심했습니다.

류가도 여전히 넋을 놓은 채 "저기 이치로…… 키키는 3학년 A반이었어?"라며 순진하게 멍청한 소리를 한다.

그런 우리와는 대조적으로 쥐죽은 듯 고요한 객석은 다시 들끓기 시작했다. 아무래도 이 전투를 쇼의 일환이라고 해석한 듯하다.

"야, 아까보다 더 굉장해!"

"저 꼬맹이는 누구지?! 특촬 배우 지망생인가?!"

"너무 빨라서 동영상으로 찍을 수가 없어!"

점점 격화되는 무대 위 공방에 비례해 점점 관객들의 열기도 들끓었다. 나중에는 "청룡! 청룡!", "울프! 울프!" 구호까지 터져 나왔다.

"저 꼬마 실력 있어……! 꼭 우리 월상관에 필요하다!"

"나중에 스카우트하러 가죠! 그러는 김에 사사키는 파문하죠!"

야마나시와 미야모토도 감탄했다. 무대 뒤에서는 괴수들도 넋이 나가 있었다. 그리고 은근슬쩍 나의 사사키가 잘리기 직전이었다.

……물론 안다. 전투를 멈추어야 한다.

이러는 동안에도 소란을 듣고 구경꾼이 늘어나고 있다.

이대로는 올해의 '히어로쇼'는 오메이 고등학교에 전해 내려오는 전설이 될 위기에 놓였다.

'너무 눈에 띄고 싶지 않지만 내가 개입하는 수밖에 없겠어. 일단 친구 가면이라 말해두자. 맨 얼굴이지만.'

마음을 굳히고 내가 무대를 향해 달려가려 했을 때.

번뜩이는 목도의 일격을 재빨리 피한 키키가 아오가사키에게 덤벼들었다. 정면으로 달라붙는 울프가면에 저도 모르게 동요하는 청룡가면.

"뭐, 뭐하는 거야! 떨어져, 키키!"

"그럴 수는 업쯥니다! 각오하십쪄오 청룡…… 음?"

거기서 키키가 의아한 듯이 아오가사키의 가슴을 주물렀다. 집요하게 물컹물컹 주물주물.

"이 가슴…… 아오가사키이군뇨?!"

"꺄아아아아―!"

"혹시 모르니 엉덩이도 확인하게쯥니다. ……응, 아오가사키입니다."

"햐아아아아―앙!"

그토록 용맹스러웠던 청룡가면, 아니 아오가사키가 어울리지 않는 비명을 질렀다. 그 바람에 헬멧이 쑥 빠져 정체가 백일하에 드러났다.

――그 뒤. '청룡가면 vs 울프가면' 풍문은 눈 깜짝할 사이에 전교에 퍼졌다.

우려대로 오메이 고등학교 축제의 전설로 전해지게 되

었다.

5

오후 2시가 되어 '사랑의 작대기 게임' 교대 시간이 종료 된 뒤.

유키미야 시오리는 C반 교실을 나와 3학년이 하는 야키소바 가게로 갔다. 톳코에게 사주겠다고 한 약속이 있었다.

자꾸만 말을 거는 남자들을 정중하게 거절하면서 3층 복도를 나아갔다. 속이 조금 더부룩한 이유는 초코바나나를 두 개나 먹었기 때문이겠지.

'야키소바, 배에 들어갈까……. 그러고 나서 레이 씨 쇼를 보러 가야 해. 점심 공연이 대호평이었다던데.'

아니, 그보다 음악실에서 노래 연습을 해야 할까.

3시 반부터는 체육관 무대에서 밴드 공연이 있다. 줄곧 연습을 함께해준 미온과 삼 공주를 위해서도 반드시 성공시키고 싶다.

물론 '전속 어드바이저'인 그에게도 괜찮은 모습을 보이고 싶었다. 사실은 그게 가장 큰 이유지만.

'코바야시 씨는 엘미라 씨나 미온과 사이가 좋은 걸까……? 주리도 마구 치근덕대고 인기가 꽤 많나봐.'

무리도 아니다. 저렇게 멋진 사람이니까.

──아오가사키 레이를 위해 월상관과의 대항전을.

──엘미라 매카트니를 위해 육아를.

──히노모리 쿄카를 위해 【마신】 혼돈을 받아들이고.

──유키미야 시오리를 위해 세바스찬과의 중개 역할을 하고 있다.

코바야시 이치로라는 소년은 늘 누군가를 위해 바쁘게 움직인다. 그런 그이기에 자신은 끌리는 건지도 모른다. '좀 이상한 사람'이라고 수상해 하던 예전의 자신이 그립다.

'코바야시 씨는 저렇게 말하지만…… 세바스찬 일을 그에게 의지하고 있을 수만은 없어. 내가 직접 맞서야 해.'

그런 결의를 굳히며 문득 옆 창문을 내려다보았다.

"!"

시오리는 저도 모르게 걸음을 멈추었다. 지상에 낯익은 2인조를 발견한 탓이다.

'저건……!'

머리를 은발로 물들이고 타교 교복을 입은, 가슴이 큰 갈색 여고생.

그리고 탁발승 차림을 하고 한 손에 방울을 든 기골이 장대한 남자.

그 특징적인 외모를 잘못 볼 여지는 없다. 이전에 공동묘지에서 습격해온 【마신】 궁기의 부하들……. '나락의 팔걸'인 만장 · 시마와 계장 · 사이힐이었다.

'저 두 사람이 어째서 여기에…….'

자신의 시선을 깨닫지 못하고 시마와 사이힐은 교문을

빠져나갔다.

그걸 확인한 시오리는 곧바로 몸을 돌려 두 사람 뒤를 쫓기 위해 계단을 뛰어 내려갔다.

원래 같으면 동료들에게 연락해야겠지만 시오리는 연락을 하지 않았다.

다들 지금은 축제를 전력으로 애쓰고 있다. 시마와 사이힐도 얌전히 떠나는 거라면 일을 시끄럽게 만들 생각은 없을 거다.

'그렇다면 지금은 나 혼자서 충분해. 무엇보다 다들 있으면── 세바스찬 이야기를 물을 수 없어.'

시마와 사이힐이라면 그가 어디 있는지 알지도 모른다.

동료들에게 세바스찬의 정체를 밝히기 전에 딱 한 번만 그와 이야기를…… 그게 자신의 마지막 바람이다. 유키미야 시오리의 단 한 번의 이기심이다.

만약 이야기해도 안 된다면 그때는 각오를 굳힌다. 세바스찬이 아니라 류장·루니에로 그를 쓰러뜨린다. 그렇게 해서 매듭을 짓고 싶다.

'희미하지만 사기를 느낀다. 사기를 더듬어가면…….'

교복 치마 주머니에 있는 카구라스즈를 확인한다. 카구라스즈는 사도의 움직임을 막는 효과가 있다.

시오리는 학교를 뒤로하고 골목을 전력으로 달렸다.

시오리가 도착한 곳은 학교에서 남동쪽 600m쯤 떨어진 폐공장이었다.

여기에서는 여러 차례 '나락의 사도'와 싸운 적이 있다. 그래서 내부도 대강 파악하고 있다. 텅 빈 아무것도 없는 공간이니까 몸을 숨길 장소가 없는 게 난점이지만.

'아니, 숨을 필요는 없어. 세바스찬 얘기를 묻기 위해 쫓아온 거니까.'

그렇게 바꿔 생각하고 잡초가 무성한 부지 안으로 들어선 직후.

"──여어, 유키미야 시오리. 우리한테 무슨 볼일이지?"

몇 미터 앞 공장 입구에서 이형 괴물 둘이 나타났다. 마치 기다리고 있었던 것만 같이.

"혼자서 오다니 어리석도다. 그 경거, 벌할지어다."

이미 전투 형태로 변모한 치타 사도와 장수풍뎅이 사도가 나란히 다가왔다.

설마 유인당한 건가? 그들이 학교에 온 이유는 이 상황을 만들기 위해서였어?

"축제는 여러모로 즐거웠어. 코바이치랑 히노모리 류가의 메이드에 쿠로가메 리나의 귀신의 집에 아오가사키 레이의 히어로쇼……. 그러고 보니 너네는 가지 못했네. 사랑의 작대기였던가?"

"그만하거라 시마. 그 수다, 벌할지어다."

거리낌 없는 파트너를 나무란 뒤 사이힐이 다시 시오리를 흘겨본다.

"유키미야 시오리여, 먼저 말해두겠다. 어디까지나 오늘 우리는 미끼이자 지켜보는 사람이다."

"지켜보는 사람……?"

"그러하다. 금일 그대를 이 자리로 끌고 나오도록 우리에게 간청한 자는——."

장수풍뎅이 사도가 돌아보며 공장 입구를 흘끔 보았다.

새로이 한 남자가 나와 천천히 이쪽으로 걸어왔다. 연미복을 입은 올백의 초로 신사다.

"세바스, 찬……."

그렇다. 그자는 시오리의 집사였다.

태어났을 때부터 언제나 곁에 있고, 늘 시오리를 맨 먼저 생각해준 가족이나 마찬가지인 존재였다.

"시오리 아가씨. 일부러 와주셔서 진심으로 송구합니다."

세바스찬은 예전처럼 정중하게 인사했지만, 시오리는 그의 목소리에서 따스함을 느낄 수 없었다. 이 또한 그의 의도겠지.

시오리가 이를 알아채지 못할 리 없었다. 그에 대해서는 누구보다 잘 아니까.

"세바스찬……. 나를 이리로 끌어들인 사람이 당신이야?"

"예. 아가씨는 현재 코바야시 님 댁에 머물고 계시는지라…… 홀로 불러내는 방법을 찾는 데 애를 먹었습니다. 그러나 이 두 사람을 발견하면 반드시 쫓아오실 줄 알았습니다."

"내가 동료를 부를 가능성은 생각하지 않았어?"

"무슨 일이든 혼자서 짊어지려는 아가씨의 성격을 누구보다 잘 아니까요."

시마와 사이힐을 앞질러 시오리 눈앞에 선 세바스찬.

처음으로 체감한 그의 사기는 닭살이 돋을 정도로 사납고 흉악했다.

"시오리 아가씨. 죄송하지만 용건이 있는 건 아가씨가 아닙니다. 오늘은 저의 주인 · 도올 님을 뵙기 위해 찾아뵌 것입니다."

"……톳코에게 무슨 용건이 있어."

"궁기 님을 만나 뵙도록 말씀을 드릴 것입니다. 【마신】의 숙원을 다시 떠올려주시기 위해서라도."

"어째서 궁기와 손을 잡을 필요가 있지? 말해봐 세바스찬! 톳코에게 하기 전에 나랑 다시 한번 제대로 이야기하자!"

"이미 저는 세바스찬이 아닙니다. 룩장 · 루니에입니다."

"나에게 당신은 세바스찬이야! 설령 '나락의 사도'라 하더라도!"

시오리의 격앙에 반응해 온몸에서 백색 오라가 피어오른다.

동시에 눈처럼 순백의 영호(靈虎)가 그녀를 지키듯이 옆에 나타났다.

"호오……. 이능력이 돌아오셨습니까. 그러나 그 수호신으로 대체 무엇을 하실 생각입니까? 이 루니에가 고작 【백호】

따위에게 질 거라고 생각하시는 겁니까?"

콧수염과 함께 입술을 일그러뜨린 세바스찬을 시오리는 있을까 말까 한 기백으로 노려봤다.

"세바스찬. 당신의 행동이 모두 톳코를 위해서란 건 압니다. 하지만 그건 나도 마찬가지입니다."

"그렇다면 얌전히 저희와 동행해주십시오."

"못 해요. 톳코는 인류와의 화해를 바랍니다. 그 바람을 이루어주는 것이야말로 진실한 이해자가 해야 할 일……. 저는 그렇게 생각하니까요."

"아가씨께서 저희 주인님의 무엇을 아신다는 말씀입니까?"

다음 순간 세바스찬의 몸이 바뀌기 시작했다.

새로이 두 쌍의 팔이 나와 팔이 모두 여섯 개인 이형 괴물이었다. 원래 근육질이었던 체형이 한층 더 커지고 피부가 암회색으로 뒤바뀌었다.

'이게 진짜 세바스찬의 모습.'

두 다리까지 넣어 여덟 개의 팔다리……. 이야기로 들은 대로 왕거미형이다. 친숙했던 그의 완전히 달라진 모습에 시오리의 가슴이 거세게 옥죄었다.

"시오리 아가씨. 저희 주인님을 이해하시는 듯한 말투는 삼가십시오. 아가씨는 단순히 도올 님의 그릇에 지나지 않습니다. 분수를 아십시오."

"유키미야 시오리를 누구보다 잘 안다면, 내가 생각보다 고집스러운 성격인 것도 알 테지."

당장에라도 덤벼들려 하는 【백호】를 한 손으로 저지하면서 시오리는 세바스찬의 검지를 흘끔 살폈다.

　코바야시 이치로의 말처럼 손가락에 유리구슬 반지를 끼고 있었다. 그가 어째서 반지를 빼지 않고 놔뒀는지……　가능하다면 확인하고 싶었다.

　'하지만 이제 그럴 상황이 아니야. 지금은 톳코를 지키는 게 우선이야. 그 아이를 궁기와 만나게 해서는 안 돼.'

　상황에 따라선 도망치는 것도 생각해야 한다. 여기서 붙잡히기라도 했다간 여러모로 큰일이다.

　문제는 저쪽에 장군급 사도가 셋이나 있다는 사실이다. 특히 저 치타 사도의 빠른 발에서 도망치기는 지극히 어렵다.

　"핫항. 루니에의 왕거미 형태는 오랜만에 보는군. 겸사겸사 도와줄까? 어차피 아기토의 맨션으로 납치할 거지?"

　"그만두거라, 시마. 우리는 지켜보는 사람이다. 궁기 님은 이 일을 루니에에게 일임하셨다. 정말로 우리에게 돌아선 건지 증명하기 위해——."

　그때. 세바스찬의 한 쌍의 팔이 붕! 하고 소리를 냈다.

　그 직후에 그의 뒤에 있던 치타 사도와 장수풍뎅이 사도가 서로 뒤엉켜서 뒤쪽으로 굴러갔다. 왕거미 사도에게 맞아 날아간 거였다.

　"나는 지금 유키미야 시오리와 이야기하고 있다. 외야는 잠자코 있어."

표정 하나 바꾸지 않고 세바스찬이 말했다.

시오리가 반응조차 할 수 없는 굉장한 속도의 공격이었다. 이것이 팔걸 최강이라 불리는 륙장 · 루니에의 실력……. 지금까지의 '나락의 사도'와는 명백히 수준이 다르다.

"아야야야……. 어이, 이봐 루니에! 갑자기 공격하지 마! 그리고 얼굴 때리지 마! 나는 여자애라고!"

"우리를 한꺼번에 날리다니 역시 륙장 · 루니에다……. 그보다 시마, 냉큼 소승의 위에서 내려가라. 몹시 무겁구나."

"시, 실례되는 말을! 망할 땡추! 내 엉덩이에 얼굴을 묻지 마! 말해두지만 유료라고! 돈을 내!"

"소승을 쿠션 대신 삼은 것은 그대이다. 그 악덕 상법, 벌할지어다."

뭐라 뭐라 다투는 동포들을 무시하고 세바스찬이 시오리에게 한 걸음 다가갔다.

……전투가 시작되면 그는 시오리에게, 시오리는 그에게 상처를 내야만 한다. 시오리의 머리를 쓰다듬어준 그 손바닥이 오늘은 흉포한 주먹으로 변하는 것이다.

각오를 굳혔건만 시오리의 몸은 덜덜 떨렸다.

'이제 와 망설이면 어쩌려는 거야?! 나는 【백호】의 계승자야! 이 세계를 지키는 사명이 있어!'

필사로 자신을 북돋고 주머니의 카구라스즈를 꺼내려 했을 때.

──괜찮소 시오리짱. 뒷일은 내가 하오.──

느닷없이 머릿속에서 그런 목소리가 들렸다.

'톳코? 톳코야?'

저도 모르게 눈을 부릅뜨고 마음속으로 되물은 순간. 시오리의 의식은 거기서 뚝 끊겼다.

6

유키미야 시오리 옆에서 낮게 자세를 잡고 당장이라도 달려들려는【백호】.

그 영호가 갑자기 사라지더니 '축명의 무녀'를 감싼 공기가 백팔십도 달라졌다── 이게 무얼 의미하는지 루니에는 알고 있었다.

'설마 이 자리에 나오실 줄이야…….'

아름다운 눈썹을 치켜뜨고 강렬하게 바라보는 유키미야 시오리는 그녀이면서 그녀가 아니다.

그자는 류장·루니에가 태고부터 충성을 맹세한 존경하는 주군이었다. 다시 말해 사흉 중 하나인【마신】도올이다.

"루니에. 또 시오리짱에게 심한 말을 했소? 오늘이야말로 벌을 주겠습메."

"도올 님……. 보고로는 초코바나나를 두 개나 드셨다고 하여 한동안 주무실 줄 알았습니다만……."

"애 취급 하지 마오. 잠깐 졸았을 뿐입메."

주먹을 휘두르며 뿌루퉁해서 화내는【마신】도올.

루니에는 이런 유키미야 시오리(도올)이 여전히 낯설었다.

도올이라는 【마신】은 항상 여성을 그릇으로 고른다. 그 것도 지적이고 어른스러운 부인이나 청초하고 기품 있는 미소녀를. 그러니까 매번 이런 갭이 생긴다.

결국에는 자신에게 부족한 요소를 가진 인간 흉내를 내어 촌티를 벗고 싶은 걸까……. 감히 부하가 품을 생각은 아닐지도 모르겠다만.

"도올 님. 어째서 그렇게까지 유키미야 시오리를 따르십니까. 그릇은 그릇에 지나지 않습니다. 【마신】님께는 그저 몸을 담을 용기일 뿐이지요."

"그렇게 딱 자르는 아는 궁기뿐임메. 【마신】과 그릇은 일심동체……. 보통은 애착이 생김메."

"그렇다면 만약 도 우수한 그릇이 있다면── 어쩌시겠습니까?"

루니에에게는 핵심을 찌른 한마디였다.

하지만 도올은 그 말을 흥 하고 콧방귀로 일축했다.

"시오리짱 이상의 지주는 어디에도 없소. 내는 이미 결정했슴메. 이대로 유키미야 집안의 아이가 되겠다고."

"안 됩니다. 유키미야 가문은 숙적인 【백호】를 계승하는 일족입니다."

"대부호이니 호랑이 정도야 기른다. 텔레비전 같은 데서도 자주 현관에 깔개가 되어 있잖소."

도올의 말에 뒤에 있던 치타 사도와 장수풍뎅이 사도가

"맞아, 그렇지", "그대도 그렇게 되면 어떠한가"라며 사담을 주고받았다. 아직 덜 맞은 모양이다.

……그건 그렇고 이 상황은 오산이다.

도올이 나타날 수도 있다는 건 알고 있었지만, 그녀와 전투를 벌일 생각 따위는 털끝만큼도 없었다. 당연하다. 주군을 공격하는 부하가 어느 세계에 있단 말인가.

설령 도올이 나오더라도 진짜 싸울 상대는 다른 인물이 될 예정이었다. 그 녀석이야말로 오늘의 목표였다. 녀석…… 어디에서 무얼 하고 있는 거지?

"도올 님. 부디 제 이야기를 들어주십시오. 저는 충신의 긍지를 걸고 주군께 최선의 길을——."

계속해서 루니에게 주군을 설득하려 한 그때.

"또 그 얘기야? 긍지 참 좋아하네, 무뚝뚝한 집사 씨."

길에서 영롱한 목소리가 들리더니 젊은 여자 하나가 폐공장 부지로 들어왔다.

윤기 나는 금발에 백의를 입은 키가 크고 육감적인 미녀였다. 하이힐을 신고도 발소리 하나 내지 않고 그대로 유키미야 시오리의 옆에 나란히 섰다.

'드디어 왔구나. 진짜 사냥감이.'

루니에의 속내를 알 리 없는 백의의 여자는 도올에게 공손하게 인사를 올렸다.

"톳코 님께서 번거롭게 나설 필요 없으십니다. 이 자리는 '나락의 삼 공주' 중 한 사람인 주리가 맡겠습니다."

환장(幻將)·주리. 한때 루니에가 전력으로 싸우고 처리하지 못한 유일한 상대.

팔걸에 들어오기를 거부한 남장(嵐將)·미온, 폭장·키키를 포섭해 삼 공주라는 다른 세력을 이계에 구축한 암여우 같은 킹코브라 사도.

그렇다. 그녀야말로 루니에가 기다리던 사람이었다.

꾀어내고 싶었던 이는 유키미야 시오리도 도올도 아니라—— 이 여사도였다.

이미 전투 형태가 된 륙장·루니에. 그리고 만장·시마와 계장·사이힐.

이전 동포들에게 인사 대신에 주리 또한 전투 형태로 모습을 바꾸었다.

……비밀이지만 조금 전부터 상황을 엿보았기 때문에 대강의 상황은 파악하고 있다.

학교에서 톳코의 경호는 주리의 역할. 그래서 모처럼의 축제도 즐기지 못하고 줄곧 유키미야 시오리를 감시했다. 자신은 정말 일을 열심히 한다.

'뒤의 두 사람은 지켜보는 역할이었던가. 어차피 도움을 받는 건 루니에의 자존심이 허락하지 않을 거야. 하아…… 초코바나나를 빨지 못하고, 아니 먹지 못했어.'

주리는 커다란 뱀으로 변한 하반신을 꿈틀대며 톳코 앞으로 나아갔다. 유키미야 시오리를 지키는 모양새가 다소 석연치 않았다.

"이제 붙어볼까, 루니에. 이번에야말로 때려눕히고 하이 힐로 밟아줄게."

"환영한다 주리. 내 목적은 처음부터 네놈이었다."

"어머나, 그래? 유감이지만 거미 남자는 취미가 아니야."

"웃기는 소리. 뱀 여자, 네놈이 유키미야 시오리 옆에 붙어 있는 건 알았다. 삼 공주를 숙청하면 도올 님과 영구적으로 화친할 수 있지…… 그것이 궁기 님이 하신 말씀이다."

"그래서 먼저 나를 쓰러뜨리겠다는 거야? 그러면 그냥 부르면 언제든 만나줬을 텐데…… 답답한 왕거미네."

"아무리 나라도 '나락의 삼 공주'를 동시에 상대하려면 수고가 들어서 말이지. 따라서 도올 님을 이용했다. 네놈의 다음은 미온, 그리고 키키…… 한 사람씩 처리해 주마. 나의 주군께 동행을 청하는 건 그 뒤여도 괜찮다."

주군을 미끼로 쓰다니 대단한 충신이다.

하지만 그 미끼에 자신이 걸리고 만 것 또한 사실. 하지만 덕분에 이 재수 없는 남자와 결말을 지을 수 있으니 그걸로 됐다.

"주리짱. 루니에 따위를 상대할 거 없소. 만약 주리짱을 다치게 한다면 주인인 텟짱에게 면목 없음메."

"톳코 님, 마음 써주시어 감사드립니다. 하오나 저는 코바야시 이치로 님의 부하이기도 합니다. 루니에의 대처는 그에게 명령받은 삼 공주의 임무로──."

주리가 말을 다 마치기도 전에 루니에가 눈앞으로 순식간에 다가왔다.

"!"

"태평하게 떠들 때인가?"

엄청난 속도로 거리를 좁힌 왕거미 사도가 여섯 개의 팔을 동시에 움직였다. 적의 모든 회피 동작을 예측해 절대로 피할 수 없도록 여러 방향에서 주먹을 날렸다.

"크, 헉!"

루니에는 노도의 기세로 킹코브라 사도의 얼굴, 팔, 가슴, 복부에 연타를 쏟아부었다.

설령 여자라도 봐주지 않는다. 상대가 '장군'이라 칭하는 이상 그럴 필요는 없다. 그녀는 말했다. "이제 붙어볼까"라고. 그 순간부터 이미 전투는 시작했다.

"환장·주리! 내 긍지를 거듭 우롱한 죄, 목숨으로 갚게 하겠다!"

──백 발이 넘는 주먹을 쏟아부었을 때, 적은 더 이상 움직이지 않았다.

조금 전까지의 아름다운 자태는 온데간데없고 무참한 고깃덩어리가 되어 땅바닥에 나뒹굴었다. 목도 팔다리도 엉뚱한 방향으로 구부러져 천천히 소멸했다.

'실수는 없다. 공격은 모두 급소에 찔러넣었다.'

생각보다 싱거운 결말이기는 하나 빈틈을 찌르면 이리 되는 법이다. 인간계에서 죽은 사도는 언젠가 다시 이계에서 부활한다. 그러니까 인간보다도 훨씬 주저 없이 죽일 수 있다.

남은 미온과 키키는 미끼를 쓸 필요도 없다. 주리가 당한 사실을 알면 그녀들은 어떻게 해서든 원수를 갚기 위해 스스로 찾아올 것이다.

이제 그들을 맞이해 싸우기만 하면 된다──그렇게 생각한 순간.

등 뒤 공기가 희미하게 움직였다.

루니에는 직감적으로 '위험'을 감지했다.

"웃!"

돌아본 순간 강렬한 뱀 꼬리의 일격이 날아들었다.

급하게 왼팔 두 개로 방어했지만 충격을 죽이지 못하고 뒤로 날아갔다. 막은 팔의 뼈가 부러졌다.

"다시 봤어, 루니에. 의외로 솔로 댄스를 잘 추네."

"주리, 네놈…….."

루니에는 다시 태세를 갖추고 킹코브라 사도를 노려보았다.

킹코브라 사도는 상처 하나 없이 키득키득 웃고 있었다.

……무슨 일이 일어났는지는 이미 이해했다. 그녀의 말대로 자신은 혼자 날뛰었다.

"환술인가. 건방진 짓을…….."

"좋은 거 알려줄게. 초반 전투를 우세하게 이끈 자는 그 뒤에 까딱하면 반격을 받는다……. 이치로 님의 말씀이야."

금발을 쓸어올리며 혀를 빼꼼 내미는 뱀의 몸을 한 미녀. 역시 환장……. 루니에가 이토록 완벽하게 적의 술수에 넘어가기는 처음 있는 일이다.

"내 주술은 어째서인지 남자에게 잘 들어. 특히 중년 남성에게."

"안 됐지만 두 번은 통하지 않을 거다. 먼저 손에 든 패를 밝힌 자는 까딱하면 패배한다……. 그 또한 전투의 이론인 것을."

"어머, 그래. 덕분에 알았네."

새롭게 시작하듯이 대치한 킹코브라 사도와 왕거미 사도.

그 광경을 떨어진 곳에서 지켜보는 치타 사도와 장수풍뎅이 사도.

"핫항. 주리 녀석 제법이네. 루니에를 농락하다니."

"삼 공주는 장군급에서도 상위의 실력을 갖춘 맹자들. 우습게 보다가는 목숨을 빼앗긴다."

"있지, 사이힐. 지켜만 보기도 그렇고 누가 이길지 내기할까?"

"그만두거라, 시마. 도박은 불성실한 행위다. 그 갬블 정신, 벌할지어다."

"그럼 나는 루니에."

"남의 이야기를 들을지어다. 이러니까 여사도이면서 삼 공주에 들어가지 못한 것이다."

"제, 제의받았지만 거절한 거야! 삼 공주의 결성 목적을 알아? 콘서트를 여는 거라구? 하늘거리는 옷이 나한테 어울릴 리 없잖아!"

"이계에도 몇 명은 있겠지. 마니악한 사도가."

"뭐라고?! 웃기지 마! 나랑 한판 뜰래?!"

그러자 주리가 그들을 나무랐다. 루니에를 견제하는 것도 잊지 않으면서.

"당신들 만담이라면 딴 데서 해줄래? 지금은 심각한 장면──."

그때였다.

주리의 머리 위로 거대한 검은 그림자가 내려왔다.

"!"

거의 동시에 알아챈 장군들은 일제히 뒤로 뛰어 피했다. 직후에 쿠쿵! 하는 어마어마한 소리가 울려퍼지고 '그것'이 지면에 내려섰다.

……4m는 될 듯한 덩치. 숨 막히는 농후하고 강대한 사기. 그리고 온몸에 무수한 얼굴이 박힌 역겨운 모습.

주리는 그 괴물이 무엇인지 한눈에 확신했다.

이런 추악한 모습을 한 존재를 잘못 볼 리가 없다.

'이건 이치로 님이 말씀하신 문제의 괴물? 하지만 사기 스케일이 너무 이상하지 않아? 이건 장군급이 아니라 자칫하면 【마신】님 클래스야…….'

그저 마주하는 것만으로 온몸에서 땀이 났다. 질척질척 끈적한 독성에 현기증마저 일었다.

키키와 엘미라가 질만도 했다. 아니, 살아서 돌아올 수 있었던 것이 기적이었다. 그만큼 이 괴물은── 상식을 벗어났다.

"뭐, 뭐이니 저 괴물! 저런 아가 사도에 있슴메?"

"톳코 님, 물러나십시오. 위험합니다."

거품을 무는 톳코에게 어서 물러나라 재촉했다. 주제넘지만 지금은 그럴 때가 아니다.

······어쩌면 【마신】 님이라면 저 괴물을 쓰러뜨릴 수 있을지도 모른다. 그러나 톳코에게 그 역할을 맡기기는 너무나 위험했다.

도철을 제외한 【마신】은 그릇과 떨어져 싸울 수가 없다. 만에 하나 그 그릇이 '파괴'되면 실체를 유지할 수 없다.

'상대가 히노모리 류가라면 절대로 인간인 그릇을 공격하지 않으니까 싸워도 괜찮겠지만, 이 괴물은······.'

아마도 개의치 않고 그릇을 공격하겠지. 트랜스 상태라 무방비한 유키미야 시오리를.

'하다못해 유키미야가 톳코 님을 절복했다면······.'

그녀 스스로 몸을 지킬 수 있을 텐데. 하지만 지금 불평을 해도 소용없다. 아무튼 그런 이유로 톳코에게 의지할 수는 없다.

어느새 장군 네 명은 기이하게도 톳코 앞으로 모였다. 마치 괴물에게서 그녀를 지키듯이.

아마도 사도로서 무의식적인 행동이리라. 미지의 적에

게서 맨 먼저【마신】수호를 우선한다……. 그런 본능이다.

하지만 주리는 석연치 않았다.

저 괴물은 궁기가 조종하는 게 아닌가? 어째서 루니에는 물론이고 시마와 사이힐까지 경계하지? 왜 처음 본 것처럼 놀라는 거야?

거인은 한동안 그 자리에 멈추어 서서 온몸의 얼굴에서 께름칙한 원망의 신음을 냈다.

그 모습을 빈틈없이 주시하면서 주리는 옆의 세 사람에게 물었다.

"당신들 뭐야? 어째서 이쪽에 있는 거야."

그 물음에 먼저 루니에가 입을 연다.

"나야말로 묻고 싶다. 주리, 네놈은 아는가? 저것이 무엇인지."

이어서 시마가 괴상한 소리를 지른다.

"저게 사도야?! 사기가 완전 맛이 갔잖아!"

마지막으로 하이힐이 나직하게 말한다.

"몹시 기이하구나. 어느 얼굴과 이야기하면 되는가."

……세 사람도 몰라? 그렇다면 저 괴물은 궁기와는 관계가 없다는 이야기인가?

주리는 점점 당혹스러웠다. 그리고 마침내 괴물의 수많은 눈이 단번에 이쪽을 향했다.

아니, 정확하게는 주리가 아니다. 네 사람 뒤에 있는 오메이 고등학교 교복을 입은 소녀를 보았다. 다시 말해 유키미야 시오리를.

'톳코 님을 노리는 건가? 그렇다면 역시 내가 나설 무대로군⋯⋯. 어디까지 버틸지는 모르겠지만.'

이럴 줄 알았으면 미온과 키키에게도 휴대전화를 사줄 걸 그랬다. 연락 수단이 없는 이상 도와달라고 할 방법이 없다. 정말이지 엎친 데 덮친 격이다.

'싫다, 나, 어째 불평이 많아졌네. 일이니까 하는 수밖에 없어!'

이번에는 몸을 던지자. 자신에게는 사도로서 톳코를 지킬 사명이 있다. 그리고 교사로서 학생을 지킬 의무도 있으니까.

마치 땅이 울리는 것 같은 발소리를 울리며 괴물이 다가왔다.

맞서 싸우기 위해 주리가 나아갔을 때—— 마찬가지로 나선 자가 또 한 사람 있었다.

팔이 여섯 개이고, 그중 두 개가 축 늘어진 왕거미 사도였다. 조금 전까지 주리를 죽이려고 한 재수 없는 무뚝뚝 집사였다.

"어머, 의외네, 루니에. 도와주는 거야?"

"저 괴물은 도올 님을 표적으로 삼고 있다. 내 주인님께 해를 끼친다면 누구든 배제해야 한다. 이 루니에의 긍지를 걸고."

"또 그 소리야? 내가 보기에 주인의 의향을 거스른 시점에서 너는 벌써 충신 실격인데."

"그 논쟁은 나중에 하지. 시마와 사이힐, 네놈들도 도와라. 이 상황에서【마신】님을 지키지 않는다면 팔걸도 장군도 반납해라."

난폭한 협력 요청에 동시에 얼굴을 찌푸리는 치타 사도와 장수풍뎅이 사도.

"핫항. 남을 때려놓고 건방진 놈이야……. 하지만 어쩔 수 없지. 이것도 인연이니까."

"우리 두 사람은 공동묘지에서 도올 님을 습격한 불충이 있다. 그 죄, 여기서 메우기로 하지."

예상과 달리 시마와 사이힐은 협력에 응해주었다. 삼 공주 이외의 장군과 함께 싸우는 게 얼마 만이었던가……. 기억도 나지 않는다.

'팀워크는 좀 불안하지만 없는 것보다는 낫지.'

주리가 그렇게 결론지은 순간.

수수께끼의 괴물이 그들을 향해 맹렬하게 돌진해왔다.

제4장 사도 컬렉션

1

"나리! 뭔가 위험한 놈이 나왔어요!"

느닷없이 머릿속에 도철 목소리가 들려서 나는 깜짝 놀라 복도에 멈춰 섰다.

히어로쇼가 끝나자마자 무대에서 부리나케 도망친 울프 가면…… 그러니까 키키를 찾아 현재 교내를 뛰어다니는 중이었다.

참고로 류가는 2학년 B반으로 돌아가 급거 다시 메이드를 하게 되었다. 류가가 없어진 순간 손님이 격감해서 반 애들이 울며 매달렸기 때문이다.

강요에 약한 우리의 주인공은 거절하지 못하고 다시 고양이귀 머리띠를 달고 냥냥 말하는 꼴이 되었다. 가엾게도.

"뭐야, 텟짱. 위험한 놈이라면 아침부터 몇 명이나 나왔잖아. 너도 포함해서."

'그게 아니라 아마도 문제의 얼굴투성이 녀석이에요! 장소는 단골 폐공장인 것 같습니다!'

얼굴투성이……. 그 수수께끼 합체 사도 말인가? 그게 또 나왔나!

"틀림없어? 그 사기, 고토쿠지는 아니야?"

'틀림없이 그 괴물이에요! 그쪽 괴물이 아니라!'

이게 무슨 일이람. 설마 이럴 때 3번째 출현을 하다니.

그 괴물이 궁기의 수하인 건 의심할 여지도 없다. 아직 축제가 한창인데 그 녀석이 나타났다는 건…… 다시 말해 궁기가 휴전 협정을 파괴했다는 소리다.

"아무튼 가서 확인하는 수밖에 없겠군. 류가한테는 비밀이다."

메인 캐릭터들은 지금 축제 파트에 분투하고 있다. 류가와 엘미라는 '메이드 카페', 아오가사키는 '히어로 쇼', 쿠로가메는 '귀신의 집', 그리고 유키미야는 '사랑의 작대기 게임'을.

그걸 방해할 수는 없다. 내일부터 본격적으로 제3부·궁기편이 시작되는 이상 한동안 일상 파트와는 소원해질지도 모르니까.

이번에는 나 혼자 대응하자. 축제 중 트러블은 신뢰와 실적의 코바야시 서포트에게 맡겨 달라고!

그렇게 정하고 서둘러 계단을 달려 내려갔다. 그때 또 한 사람의 【마신】이 말을 걸었다.

'오우 도령. 기합을 넣는 편이 좋겠어. 사기로 봐서 이번 상대는 상당히 거물이다. 이 몸이 두들겨 팬 괴물과는 급이 달라.'

혼돈의 충고에 나는 "알았어"라고 대답했다. 그러는 김에 지난번의 경험을 반성하고 다시금 【마신】들에게 오더를 미리 내렸다.

"잘 들어. 먼저 선발은 텟짱이 간다. 10분 이내로 쓰러뜨리지 못하면 다음은 혼돈 아저씨가 이어서 해. 또 10분 지나면 마지막에는 내가 싸운다."

'맡겨주시라굽쇼! 물론 다음 순서는 없겠지만! 완투하겠습니다!'

'실언하지 마, 선발. 그보다 그릇까지 로테이션에 넣어도 되는 건가……. 도령이라면 이길 것 같지만.'

그런 회의를 하면서 학교 건물을 뒤로하고 나는 그대로 교문을 뛰쳐나갔다.

몇 분 뒤. 도착한 폐공장 부지에는 예기치 못한 광경이 펼쳐졌다.

도철의 보고대로 정말로 그곳에 괴물이 있었다. 크기는 2번째 개체와 마찬가지로 4m 정도. 그러나 사기가 급이 달랐다. 지금까지의 몇 배, 아니 몇십 배인가.

"뭐, 뭐야 이 녀석……. 아무리 그래도 이 정도는 상정하지 못했다고."

상정하지 못한 건 그뿐만이 아니다.

현장에는 무슨 영문인지 유키미야, 주리, 루니에, 덤으로 시 마와 하이힐까지 있었다. 게다가 유키미야를 제외한 네 장군은 엉망이 되어 땅바닥에 나뒹굴고 있었다.

……상황 파악이 안 된다.

추측건대 전원이 괴물에 맞섰다가 당한 건가. 그러나 주리는 그렇다 치고 어째서 다른 세 사람까지? 저 괴물은 그들의 편이 아닌가?

그렇다고 멍청하게 보고 있을 틈은 없었다. 상당히 긴박한 상황이다.

왜냐하면 톳코가 지금 당장 괴물과 일전을 치르려 하고 있었기 때문이다. 유키미야의 머리 위에 나타나 긴 흑발을 술렁술렁 요동치며.

"어이 톳코! 스톱! 일단 유키미야 안으로 돌아가!"

나는 전속력으로 달려가 유키미야를 들쳐메고 다시 전속력으로 입구 부근으로 피했다. 괴물의 눈알이 다 함께 매섭게 노려보았지만 신경 쓸 때가 아니다.

"이, 이치로 성? 뭐하는 검메! 내는 저놈을 해치울 검메! 두드려패서 내일 3면 기사에 실어줄 검메!"

"기사 안 내도 돼! 그보다 경위를 설명해줘! 어쩌다 이렇게 됐어?!"

"시마와 사이힐이 나타나고, 루니에가 나타나고, 주리짱이 나타나고, 괴물이 나타났슴메!"

"하나도 모르겠어!"

"네 사람은 내를 지키려고 해주었슴메! 하지만 드림팀은 손도 쓰지 못하고 참패했슴메! 자국 개최 월드컵 준결승에서 독일에게 7실점한 브라질처럼!"

"그 시합이 신경 쓰여서 사정이 머리에 들어오지 않아!"

어쨌든 먼저 저 괴물을 쓰러뜨리는 게 급선무다. 자세한 이야기는 나중에 듣기로 하자.

다행히 톳코는 마지못해 몸 안으로 돌아가 평소의 촌스러운 유키미야가 되어주었다. 그런 그녀에게 가만히 있으라고 못을 박고 나는 곧바로 도철에게 지령을 내렸다.

"출격해라 텟짱! 사양 말고 때려눕히고 와!"

"알겠슴다!"

곧바로 도철이 전투 버전으로 나타나 괴물에게 돌진했다.

나는 나대로 장군들을 보호하기 위해 먼저 주리 곁으로 달려갔다. 이럴 때 개별 행동할 수 있는 도철은 귀중한 전력이다. 도철의 유일한 장점이다.

"이봐 주리, 내 어깨를 잡아. 그리고 유키미야에게 치료해달라고 할 테니까 조금만 버텨."

"이, 이치로 님, 죄송합니다……. 이 같은 추태를……."

"신경 쓰지 마. 브라질 대표보다 나아."

내가 재촉할 것도 없이 주리는 인간체로 둔갑했다. 자랑거리인 금발은 부스스 흐트러지고 흰 가운은 흙투성이. 여기저기 애처롭게 푸른 멍이 들었다.

주리뿐만 아니라 다른 세 장군도 마찬가지다. 그야말로 만신창이였다.

"조심하세요……. 저 괴물은 차원이 다릅니다. 아무리 도철 님이라도 정면으로 맞부딪치면……."

"그렇게까지 위험한 놈인가."

"네……. 부끄럽지만 장군 네 사람이 덤벼서 이런 꼴이……

면목 없습니다."

역시 이 이상한 사기는 겉치레가 아닌 건가.

팔결 최강이라 불리는 루니에.

그런 그와 호각으로 싸우는 주리.

그리고 완벽한 상태는 아니었지만 톳코 상대로 선전한 시마와 사이힐.

그런 네 명이 한꺼번에 상대하고도 당해내지 못했다면 이미 【마신】클래스의 힘을 자랑하고 있다고 봐야 한다. 도철 녀석…… 괜찮을까?

전황을 흘끔 살피니 도철이 경쾌한 스텝으로 괴물 주변을 빙글빙글 돌았다. 착란이 목적 같지만, 온몸에 눈이 있는 상대에게는 무의미해 보였다.

"헤이헤이! 컴온! 웰컴! 콩글레추레이션!"

아는 영단어를 구사해 도발하는 도철을 곁눈질하며 나는 주리를 입구까지 데려갔다.

꾸물거릴 수 없다. 이어서 다른 세 장군도…… 몸을 돌리려던 순간.

쿠당! 하는 둔탁한 소리와 함께 도철이 이쪽으로 데굴데굴 굴러왔다. 괴물의 펀치를 제대로 먹었다.

"뜨아아아아아—!"

"아앗, 텟짱이 당했습메!"

톳코의 외침과 동시에 도철이 뿅 하고 벌떡 일어난다. 몸을 탁탁 털고 다시 괴물에게 향한다. 역시 【마신】이라 튼튼하다.

"아냐, 잠깐 방심했을 뿐이다! 놈의 공격은 이미 파악했다고!"

1초 후. 도철이 펀치를 먹고 다시 이쪽으로 데굴데굴 굴러왔다.

"조금도 파악하지 못했습메!"

"약간 방심했을 뿐이다! 【마신】에게 같은 공격은 세 번은 통용하지 않는다!"

그러나 결국 또 데굴데굴 굴러왔다. 애니메이션이라면 사용한 컷을 재활용해도 될 것 같다.

"방심 작작함메!"

"커, 컨디션이 좀 안 좋을 뿐이라구! 얼굴이 물에 젖었으니까!"

"어디의 호빵남자임까!"

내 머릿속에서 "교대할까?"라는 혼돈의 한숨 섞인 목소리가 들렸다.

아직 10분도 지나지 않았지만 그러는 편이 좋을지도 모른다. 그만큼 서슬이 대단했던 주제에 실컷 어그로나 끌고⋯⋯.

그때.

"열 받았다, 이 망할 자식! 파워 인플레에서 낙오될까보냐아아──!"

네 번째로 도철은 정면에서 상대의 펀치를 피했다.

그리고는 복수라는 듯 어퍼컷을 마구 날려 괴물의 배때기에 때려 박았다. 그러자 적의 거구가 살짝 떴다. 배 이상나는 체격 차이 따위 아랑곳하지 않는 엄청난 괴력이었다.

괴물의 수많은 입에서 일제히 신음이 새어 나왔다.

신음 따위 귀도 기울이지 않고 반격의 여지도 주지 않은채 괴물을 흠씬 두들겨 패는 도철.

이제야 드디어 실력이 돌아온 모양이다. 역시 성실하게하면 도철은 강하다. 이 녀석이 약했다면 더 이상 존재 의의가 없다.

"와하하하! 어떠냐 이놈! 뼈저리게 깨달았냐! '졌습니다 도철 님'이라고 말해! '진짜 장난 아니게 강하십니다', '그리고 미남이십니다', '착각이라면 죄송해요. 에그자일에 계셨죠?'라고 말해! 어느 입이든 괜찮으니까!"

뻔뻔한 요구와 함께 도철이 혼신의 무릎으로 날라차기를 먹였다.

그러자 결국 괴물은 땅바닥에 무릎을 꿇고 완전히 침묵했다. 세컨드가 있었다면 분명히 수건을 던졌을 상황이다.

······결국은 일방적인 압승이었다. 처음에 세 방쯤 맞았지만 【마신】에게는 전혀 듣지 않았다. 아무래도 주리의 걱정은 기우였던 것 같다.

'그렇다면 애써 장군들을 옮기지 않아도 되겠군.'

돌아보니 루니에, 시마, 사이힐은 이미 자력으로 일어났다. 그들은 아픈 것도 잊고 괴물 앞에 우뚝 선 도철을 눈을 비비며 바라보았다. 네 명 덤벼서 손도 못 쓴 상대를 혼자서 쓰러뜨렸으니까 당연하지만.

"……역시 【마신】 님이란 무서운 존재다."

왕거미 집사는 감탄한 듯 목소리가 떨렸다.

"안 돼, 좀 두근거렸어……."

볼을 살짝 붉히며 치타 흑갸루가 가슴에 손을 얹었다.

"그만하거라 시마. 지금 너는 궁기 님을 섬기는 몸이다. 그 발정, 벌할지어다."

그런 동료를 장수풍뎅이 승려가 나무란다.

그러자 정신을 차린 시마가 비틀거리며 사이힐 곁으로 향했다. 그의 가슴을 탁 때리고 이어서 턱을 휙 치켜든다.

"어이 사이힐, 지금은 철수하자. 먼저 괴물 건을 궁기 님께 보고해야 해."

"아니, 우리의 사명은 루니에의 일을 지켜보는 것. 유키미야 시오리의 납치, 또는 주리의 처리…… 그중 하나를 확인하지 못하는 한 우리의 사명은 다하지 못한 것이다."

"그런 소리 떠들 때냐! 도철 님이 와버린 이상 이제 끝이라고!"

"여기에서 우리가 떠나면 남겨진 루니에가 궁지에 몰린다. 버릴 수는 없다. 루니에 없이 궁기 님과 톳코 님의 동맹은 성립하지 않는다."

"톳코 님이라고 하지 마! 자, 어깨 붙잡아! ……무겁다고, 망할 땡추!"

억지로 사이힐을 부축해 자리를 이탈하려는 시마. 이러쿵저러쿵 욕설을 퍼부으면서도 동료를 두고 갈 마음은 없나 보다.

'두 사람이 물러가면 나도 좋지. 이대로 루니에를 붙잡아 우리 집으로 연행해 유키미야와 대화의 자리를——.'

하지만 거기서 예측하지 못한 사태가 한 번에 일어났다.

귀를 찢는 포효와 함께 쓰러졌던 괴물이 다시 일어났다. 그렇지만 도철에게 받은 대미지는 막대했다. 다시 일어난다 해도 역전의 가망은 없어 보였다.

하지만 문제는 그게 아니었다.

어느 틈에 이 폐공장 부지에…… 새로운 게스트가 늘어나 있었다.

"——훌륭한 사명감, 그리고 굳건한 의리로군, 사이힐."

서둘러 후퇴하기 위해 억지로 장수풍뎅이 사도를 잡아끄는 치타 사도.

그런 두 사람의 뒤에 한 청년이 서 있었다. 하쿠보기주쿠 고등학교 교복을 입은, 점심까지 메이드 업무를 하던 잘생긴 전학생.

그의 모습을 보자마자 시마가 화들짝 놀라 숨을 삼켰다.

"아, 아기토?! 네놈, 왜 여기에……."

"너희에게 사명을 다시 부여하기 위해서지."

그제야 비로소 톳코와 주리, 루니에도 텐료인 아기토의 존재를 알아차렸다.

우리의 주목을 개의치 않고 아기토는 평소처럼 포커페이스로 말했다.

　"【마신】궁기를 대신해 이 내가 명령한다——저기 저 '슈'의 먹이가 되어라."

　직후, 아기토가 한 바퀴 홱 회전하며 그대로 두 사람을 향해 발차기를 날렸다.

　"흑!"

　한발 빨리 반응한 사이힐이 옆에 있던 시마를 떠밀었다.

　결국 장수풍뎅이 사도가 혼자 아기토의 공격을 받고 붕 날아갔다. 그것도 눈앞의 도철을 방치하고 기다리고 있던 괴물의 방향으로.

　이전에 나도 저 녀석에게 느닷없이 돌려차기를 먹었지만, 그것과는 비교가 되지 않는 진심의 일격이었다. 무거워 보이는 사이힐을 마치 종잇조각처럼…….

　그리고 괴물의 거대한 팔이 날아든 사이힐을 몸을 후려쳤다.

　"크흑!"

　땅바닥에 격돌한 장수풍뎅이 사도를 이어서 괴물이 짓밟았다. 모든 체중을 실어 몇 번이고, 몇 번이고.

　"이봐 괴물! 상대는 나잖아! 그만해! 벌레도 밟으면 꿈틀거린다고!"

　다급히 도철이 괴물을 발차기로 날려서 멈추게 했다.

　그러나 이미 늦었는지, 사이힐의 온몸에서 빛 분자가 피어오르며 눈 깜짝할 사이에 소멸하기 시작했다.

혼화. 다시 말해 장수풍뎅이 사도가 죽었다는 의미였다.

"사, 사이힐……. 네놈 아기토오오오오!"

열화와 같이 분노하며 아기토에게 덤비려는 치타 사도.

그러나 직전에 그녀는 우뚝 멈추었다. 아니, 정확하게는 굳었다고 해야 하나.

그 이유는── 아기토에게서 시커먼 오라가 넘쳐나더니 인간 형태가 되었기 때문이다. 어딘가 짐승 같은, 괴물에 필적하는 거구의 【마신】.

"안 되지, 시마. 너도 얌전히 슈의 먹이가 되어줘야 한다고."

침묵에 싸인 부지 안에 어린아이처럼 새된 목소리가 들렸다.

나에게도 익숙한 【마신】 궁기의 목소리였다.

2

나는 지금까지 궁기를 【쇼타 마신】이라 불렀다.

아이 같은 목소리와 말투로 초등학생 정도 꼬마라고 철석같이 믿었다. 하지만 처음 본 놈의 모습은…… 내 이미지와는 전혀 달랐다.

아기토의 머리 위에 나타난 궁기는 혼돈과 거의 같은 덩치의 반수(半獸)였다. 여태껏 세 【마신】들에 비해 특히나 이

색적인 외견이었다.

'궁기는 이런 비주얼이었나…….'

온몸이 아름다운 순백의 모피로 덮여 있었다. 숙주의 제복과 한 쌍 같다.

그리고 꼬리가 있었다. 심지어 아홉 개나. 지금 보이는 건 허리까지지만 아마도 궁둥이에 붙어 있겠지.

그러나 가장 기이한 건 안면이다. 이 【마신】은 가면을 썼다. 이마와 뺨에 문양을 곁들인 제법 오래된 여우 가면이었다.

"구, 궁기 님……."

뒤에서 주리의 겁먹은 중얼거림이 들렸다.

루니에와 시마도 굳은 채 갑자기 나타난 【마신】에게 당혹감을 내비쳤다.

그런 장군 사도들을 개의치 않고 궁기는 천천히 낡은 호리병박을 꺼내 하늘 높이 들어올렸다. 천천히 승천하는 장수풍뎅이 사도의 영혼을 향해서.

"──이리 와, 사이힐."

그 부름에 응하듯이 영혼의 입자가 궁기가 들어 올린 호리병으로 방향을 틀었다.

사태를 파악하지 못한 채 우리는 그저 그 모습을 지켜보았다. 움직이는 자는 없었다. 도철과 톳코조차 의미를 모르겠다는 듯이 입을 벌리고 넋이 나가 있었다.

마침내 혼화한 사이힐이 마지막 한 조각까지 호리병으

로 흡수되자 여우가면 【마신】은 만족스럽게 고개를 끄덕이고 뚜껑을 꾹 닫았다.

'뭐야 저 호리병……. 사이힐의 영혼을 흡수한 건가?'

호리병을 몇 차례 흔든 뒤 궁기가 곧 다시 뚜껑을 열었다.

"자아 슈, 먹이를 줄게."

그런 한마디와 함께 호리병에서 빛의 입자가 분출되었다. 빛의 입자는 샤워처럼 괴물에게 쏟아지더니 스며들듯이 녹아든다. 그러자――.

"크호오오오아아아아―!"

그 순간 괴물이 절규의 합창을 지르며 온몸의 눈이 번뜩 발광했다. 어깻죽지에서 새로운 한 쌍의 팔이 나고 다시 도철을 공격했다.

"우오! 뭐야 이 녀석, 갑자기 건강해졌잖아!"

당황한 도철이 부랴부랴 응전했지만 주먹 난무는 멈추지 않았다. 부웅부웅 바람을 가르는 엄청난 소리를 내며 우리의 【마신】을 물러서게 만들었다.

"네 이 녀석 웃기지 마! 아까까지 헤롱헤롱했던 주제에…… 아얏! 아프다고! 자, 잠깐만 타임! 테크니컬타임!"

필사로 양손으로 'T' 자를 만드는 도철을 무시하고 괴물은 날뛰었다.

그 모습을 바라보며 궁기가 표정 없는 무기질의 여우가면을 쓴 채 아이처럼 키득키득 웃었다.

"응, 역시 장군급 영혼은 훌륭하네. 더하기가 아니라 곱

하기로 파워업한 것 같아. 생각대로 소재는 숫자보다 질인 건가."

그렇게 혼잣말하는 궁기에게 나는 성큼성큼 다가가 날카롭게 노려보았다.

궁기가 지금 무슨 짓을 했는가…….'먹이'라는 단어로 이해했다.

역시 이 괴물은 놈의 수하인 합체 사도였다. 그리고 사이힐은 그 재료가 되었다. 하지만 그것을 따져 묻기 전에 이 녀석에게는 확인해야 할 게 있다.

"궁기, 너 무슨 생각이야! 축제가 끝날 때까지는 휴전 아니었냐!"

"맞아. 하지만 아쉽게도 루니에는 내 부하가 아니야. 루니에가 유키미야 시오리에게 접촉하든, 주리를 말살하려고 움직이든 관여할 바는 아니야. 휴전은 어디까지나 나와 코바야시 소년의 약속이니까. 말하는 김에 덧붙이자면 사이힐을 처리한 것도 우리 내부 사정이니 너와는 관계없어."

주눅도 들지 않고 거침없이 떠드는 궁기에게 나는 진심으로 열이 받았다.

"너네 괴물이 주리를 때렸잖아! 말도 안 되는 변명하지 마!"

"슈는 그저 적의를 향한 자에게 반응했을 뿐이야. 주리도 텟짱도 말이지. 다시 말해 시비를 건 사람은 그쪽……

제4장 사도 컬렉션 217

협정 위반은 너희가 했다니까."

정말 말발 좋은 여우다. 내 안의 '기회가 있으면 때려주고 싶은 놈 랭킹' 제1위가 이 시점에서 궁기가 되었다. 쿠로가메와 공동 1위다.

"그래서 이 괴물은 뭐야! 네 부하인 건 이미 알고 있었어! 계속 얘기 끌지 말고 설명해!"

"아아, 소개가 늦었구나. 내가 만든 합체 사도 · 슈야!"

자랑스럽게 가슴을 편 궁기를 보며 루니에가 "합체, 사도……?" 하고 중얼거렸다. 아무래도 루니에도 몰랐던 모양이다.

그리고 아마 시마도 몰랐을 거다. 그리고 사이힐도. 그러니까 싸웠겠지.

하지만 어째서 궁기가 그런 일을 할 수 있지? 궁기가 가진 능력은 '혼화한 사도를 곧바로 부활시키는 것'……. 합체 사도 제작은 분명히 다른 능력이잖아.

"궁기. 지금까지 그런 능력을 줄곧 숨기고 있었던 거냐?"

"응~, 좀 다르지. 원래 있던 능력을 발전시킨 거야. 아기토의 조언으로."

"뭐, 뭐라고?"

"음, 기본 원리는 똑같으니까. 혼화한 사도를 그대로 부활시킬지. 아니면 믹스해서 부활시킬지……. 비빔밥을 고안한 사람과 똑같은 발상이잖아."

뭐야 그 비유는! 능력을 발전시켰다고? 치사하다! 시청

자와 독자는 그런 나중에 붙인 설정을 좋아하지 않는다고!

일동이 말문이 막힌 가운데 치타 사도가 매달리듯이 주군에게 묻는다.

"궁기 님. 저 괴물이 궁기 님의 수하라면 어째서 사이힐을……. 사이힐이 구해주지 않았다면 아마 나도……. 그건 아기토의 독단이죠?"

아기토는 궁기가 나타난 이후로는 말없이 서 있을 뿐이다.

얼핏 보면 트랜스 상태 같지만, 단순히 리액션이 없을 뿐이다. 아기토는 나와 마찬가지로 궁기를 '절복'했으니까.

"시마. 역시 너는 머리가 좀 나쁘구나. 용케 장군을 하네."

지면의 시마를 향해 한탄스럽게 한숨짓는 여우 가면의 【마신】.

참고로 도철은 합체 사도·슈에게 애먹으며 어느새 부지 구석까지 내몰렸다.

블록 담에 한 손을 짚고 자꾸만 "로프브레이크!"라고 주장하고 있지만 당연히 슈는 물러서지 않았다. 미안하지만 조금만 더 버텨줘.

"알겠니, 시마. 아기토가 아니라 어엿한 내 정식 명령이야. 너도 사이힐과 함께 슈의 먹이가 되렴."

일종의 사형 선고에 시마가 "그럴 수, 가……"라며 입술을 떨었다.

"원래 너와 사이힐은 지난번 공동묘지에서 쓰러지는 게 내 계획이었어. 톳코나 히노모리 류가, 아니면 코바야시 소년의 손으로 말이지."

치타 사도가 그 자리에 털썩 주저앉았다. 아무리 진짜 '죽음'이 아니라 해도 파트너인 사이힐이 살해당해 주인에게 버림받아 머리가 혼란한 모양이었다.

"합체 사도 제작은 사실 좀 귀찮은 제약이 있거든. 아무래도 나나 아기토가 직접 손을 쓴 영혼은 안 되는 것 같더라. 지금처럼 슈가 직접 쓰러뜨리거나 누군가가 쓰러뜨려 주는 수밖에 없어."

"…………."

"그러면 제일 손쉬운 건 적에게 혼화당하는 거지. 그래서 나는 지금까지 부하를 아끼지 않고 출격시켜서 일부러 잃었어."

내 안에서 혼돈이 "망할 자식"이라며 나직하게 말한다. 정말이지 동감이다.

이 녀석은 자신을 위해 일하는 부하를 처음부터 슈의 먹이로밖에 보지 않았다. 이런 질 나쁜 적은 처음이다. 처음 나온 사악한 【마신】이다.

"있지 코바야시 소년. 381── 이 숫자가 뭔지 알아?"

"381?"

"여태껏 너희가 쓰러뜨린 사도의 숫자야. 그중 100마리 정도는 톤짱이 문을 열었을 때 와서 곧바로 격퇴당한 잔챙이들이려나?"

류가는 그렇게 많은 사도를 쓰러뜨린 건가. 그중에는 내가 쓰러뜨린 사도도 있겠지만 훌륭한 토벌 수치라 할 수 있다.

"나는 사도의 영혼을 착실하고 부지런히 회수했어. 히노모리 류가가 이 도시로 돌아와 본격적으로 '이야기'가 시작된 그때부터……. 다시 말해 나는 톤짱이나 텟짱보다 빨리 부활했어."

"혼돈이나 텟짱보다 먼저 부활했다고?"

"응. 하지만 내가 사흉의 최종 보스니까. 등장은 거드름을 부리고 싶었고 슈를 위해 혼도 모으고 싶었지."

이럴 수가 있나. 설마 궁기가 제일 먼저 부활했다니. 게다가 슈의 재료를 얻기 위해 류가의 전투를 이용했다니.

우리가 부활을 알고 나서도 이 녀석은 좀처럼 표면으로 나오지 않았다. 계획 없이 사도를 보내서는 패배하는 어리석은 짓을 되풀이할 뿐이었다.

그게 전부 슈라는 조커를 만들기 위해서였단 말인가……. 적을 칭찬하는 건 그렇지만 최종 보스다운 행동이다.

"그럼 예전에 일부러 우리 집에 전화해서 히가이아의 엘미라 습격을 가르쳐준 것도……."

"응! 물론 【주작】을 말살하고 시즈마를 빼앗는 게 베스트였겠지만, 딱히 실패해도 상관없었어. 부하가 전멸하면 대신 영혼을 얻을 수 있으니까."

드디어 수수께끼가 풀렸다. 그때 어째서 엘미라와 시즈마의 위기를 굳이 나에게 몰래 알렸는지.

혹시 이 녀석이 시즈마를 노린 것도 슈의 재료로 삼기 위해서였나? 우리 애를 괴물의 먹이로 주려고 한 건가?!

"나는 먼저 모은 영혼 중에 100명의 병졸급을 이용해 슈 제1 시험작을 만들었지. 그건 이 폐공장에서 히노모리 류가에게 당했지만."

자신의 계획을 희희낙락 떠드는 궁기.

역시 이 녀석은 꼬마다. 아이 같은 순진함과 잔혹함이 함께 하는 에고이스트 여우다.

"이어서 두 배인 병졸급 200명을 써서 슈 제2 시험작을 만들었지. 얘는 하천부지에서 톤짱에게 두들겨맞았지. 제1 시험작보다 먼저."

하천부지에서 엘미라와 키키를 압도한 헤비급 괴물. 폐공장에서 류가가 쓰러뜨린 라이트급 괴물.

스케일이 줄어든 게 신경 쓰였는데 만든 순서가 반대였던 건가.

"뜻깊은 실험이었어. 나도 아직 이 능력을 다 파악하지 못해서 비밀리에 여러 가지 시험해보고 싶었거든. 사도 몇 명으로 어느 정도의 슈가 되는지 말이야."

현재 폐공장 부지 안은 궁기의 독무대다. 나는 물론이고 톳코와 주리, 루니에, 시마조차도 그저 아연실색하여 그의 말을 들었다.

"그래서 세 번째는 만반의 준비를 하고 비장의 재료를 써서 '최강의 슈'를 만들었어. 바론에 히가이아라는 2명의 장군급과 14명의 부대장급이라는 좋은 영혼으로 말이야."

그것이 여기에 있는 슈인가. 바론과 히가이아가 왜 부활하지 않나 싶더니, 재료로 흡수당했기 때문이었군.

"아무리 영혼을 대량으로 주입해도 병졸급만으로는 한계가 있었어. 그걸 바탕으로 3번째 작품에는 부대장급 이상의 영혼을 썼지. 이만큼 완성했으니 이제 비밀로 할 필요도 없고. 앞으로는 슈가 직접 영혼을 모으게 할 거야."

거기서 주저앉아 있던 시마가 혼잣말처럼 불쑥 중얼거렸다.

"이상하다 했어. 패배한 사도들을 궁기 님이 좀처럼 부활시키지 않았으니까……. 부대장급은 고사하고 장군급 바론이나 히가이아마저도……."

"걔들은 '완전판 슈'의 재료로 썼으니까. 아, 오산이 있다면 그걸로도 텟짱을 이기지 못한 것 걸까나. 하지만──사이힐을 집어먹고 나서는 보는 바와 같아. 그리고 슈는 지금보다 더 강해질 거야."

도철은 계속 슈에게 밀리고 있었다. 곧 클린치를 시도했지만 얻어맞았다. 정말로 진지하지 못한【마신】이다.

"우리는 처음부터 단순한 재료일 뿐이었다고……."

"정답. 너희 사도를 어쩌든 내 자유잖아?【마신】은 왕이니까."

새하얀 털로 뒤덮인 양팔을 궁기가 크게 펼쳤다.

"흐음, 이게 내 계획이야. 그러니까 코바야시 소년, 삼 공주의 영혼을 주지 않을래? 그리고 루니에, 너도 슈의 먹이가 되어야겠어."

"궁기 님. 당신이 '삼 공주의 말살'을 동맹 조건으로 건 이유는…… 그러기 위함이었습니까. 그리고 저도 언젠가는 괴물에게 먹이려 하셨고요?"

몹시 불쾌한 듯이 루니에는 나직하게 중얼거렸다. 팔이 두 개쯤 다친 것 같은데 슈에게 당한 걸까.

"그렇지. 팔걸과 삼 공주…… 모두의 영혼을 완전판 슈의 제물로 삼는다. 그러면 여기에——다섯 번째 【마신】이 탄생한다."

"…………."

"내 명령에 충실한, 사흉을 뛰어넘는 【마신】이 말이지."

황당무계한 생각을 하는 놈이다.

——나는 아마 네 기대를 넘어서는 최고의 보스가 될걸?

아기토가 맨션에서 한 말은 결코 허세가 아니었다.

3

궁기가 이야기를 마친 뒤에도 한동안 우리는 말을 하지 못했다.

——【마신】 궁기가 사실은 혼돈이나 도철보다 빨리 각성했다.

——그릇인 아기토의 조언으로 능력을 발전시켜 합체

사도 제작이 가능해졌다.

　——그러나 자신이나 아기토가 손을 쓰면 슈에게 먹일 수 없으므로 류가와 히로인들에게 그 일을 대행시켰다.

　——그래서 공공연하게 등장하는 것을 삼가고 영혼 컬렉션에 전념했다.

　'다섯 번째【마신】을 만든다고? 그러기 위해 우리의 삼 공주까지 희생양으로 쓰겠다고?'

　웃지 못할 농담이다. 우리 집 삼 공주를 저딴 괴물과 합체시키다니. 더 없이 악질적인 NTR이다.

　팔걸과 삼 공주를 완성한 슈······. 그런 놈을 만들었다가 류가라도 감당할 수 없겠지. 나와【마신】들의 가세가 불가결해질 것이다.

　'게다가 동맹 조건으로 루니에에게 삼 공주의 말살을 제시했을 줄이야. 류가 진영과 삼 공주의 이간 공작은 부수적인 거고 그쪽이 진짜 노린 바였던 건가.'

　팔걸 최강인 루니에라면 반드시 삼 공주를 쓰러뜨릴 수 있다. 만약 류가가 쓰러뜨려 주더라도 그건 그거대로 좋다. 그리고 마지막에는 루니에도 슈의 재료로······ 그렇게 되는 건가.

　맨션에서의 궁기 말이 내 머릿속에 스친다.

　——솔직히 동맹 없이도 이길 자신은 있지만, 루니에를 이쪽으로 끌어들이면 여러모로 거저먹을 수가 있거든——

　······그건 이런 뜻이었나. 황당하고 지독한 사기다. 그야말

로 여우에게 홀린 기분이다.

그때였다. 힘이 빠진 시마가 비틀비틀 일어났다.

눈물마저 글썽이며 으드득 어금니를 악물고 분노의 형상으로 궁기를 쏘아본다. 절대로 주인에게 향하는 눈빛이 아니었다.

"웃기지 마……. 웃기지 마! 이게 뭐야!"

엄니를 드러내며 부르짖는 치타 사도.

아무것도 모르던 그녀도 사기의 피해자다. 아무리 【마신】이 상대라지만 불평 한마디쯤 하고 싶어지리라.

"우리는 괴물의 먹이가 되기 위해 당신을 모신 게 아니야!"

"아하하, 무섭네 시마. 그렇다면 특별히 너만은 슈의 먹이를 면제해줄까? 대신에 다른 명령을 내릴게."

궁기는 시마의 격분을 비웃으며 아무렇지도 않게 명령했다.

"당장 맨션으로 돌아가서 사도들을 섬멸하고 와. 완전판 슈가 본격으로 활동을 시작했으니 그놈들도 이제 처분해야지. 새로이 한 마리, 열화판 슈를 만들어야겠어."

아기토의 맨션에는 현재 사도 150명이 있다고 했다.

아마도 병졸급뿐이겠지만 그만한 숫자로 만든 슈는 성가시다. 아직 호리병에 남아 있을 영혼도 더하면 장군급 이상의 강적이 될 것이다.

"섬멸이라고? 나한테 사도를, 동료를 죽이라는 거야……!"

"그래. 나, 동시에 두 개까지 합체 사도를 만들 수 있거든."

"우습게 보는 것도 정도껏 해! 당신의 부하는 이제 관두 겠어!"

그러자 지금까지 무반응으로 일관하던 궁기의 그릇이 마침내 입을 열었다.

"무례하다 시마. 얌전히 궁기의 명령을 따라라. 보컬인 허스키, 드럼인 사이힐에 이어 기타인 너까지 잃으면 밴드 활동을 쉬어야 해. 물론 아포스톨루는 나만 있어도 굴러가 겠지만."

그러자 "뭣……!" 하고 루니에가 숨을 삼켰다.

"의식을 빼앗기지 않았다니?! 설마…… 궁기 님을 '절복' 한 건가!"

웬일로 언성을 높이고 눈을 부릅떠 아기토를 보는 왕거 미 사도.

혹시 몰랐던 건가? 하기야 아기토는 리액션이 적은 녀석 이니까 말하지 않으면 모를 수도 있겠다.

놀라는 루니에를 보고 여우가면의 【마신】이 키득키득 웃 는다.

"그렇게 깜짝 놀랐어? 아기토가 나를 '절복'한 게? 맞아, 나는 줄곧 그 사실을 너에게 숨겼지. 어째서인지 알지?"

"…………."

"됐어. 너보다 먼저 시마다. 딱 한 번만 더 말할게. 맨션 으로 돌아가서 사도를 섬멸하고 와. 말해두는데, 너에게 시키지 않더라도 슈에게 시키면 끝날 이야기다."

"이제 명령은 듣지 않아! 너는 사이힐, 동료들의 원수야!"

"아 그래. 그럼 너는 역시 먹잇감이네."

궁기는 한 치의 망설임도 없이 손가락을 튕겼다.

직후 쿵! 하는 굉음과 함께 갑자기 주변이 어두워졌다.

구름이 태양을 가렸나 싶었지만 그게 아니었다. 머리 위를 올려다보니 슈가 위에서 우리를 향해 떨어지고 있었다.

"나리, 그쪽으로 갔습니다!"

"보면 알아!"

보고가 늦은 도철에게 호통치며 나는 곧바로 피하기 위해 몸을 뒤집었다.

다행히 슈의 공격 범위에 들어있는 건 나와 시마뿐이다. 치타 사도라면 문제없이 도망칠 수 있겠지……라고 생각했으나 유감스럽게도 지금은 아니었다.

"큭, 다리가……!"

시마는 한쪽 무릎을 구부리며 자리에 다시 쓰러졌다.

그랬다. 그녀는 이미 슈에게 당해 만신창이였다. 표적은 내가 아니다. 합체사도의 목표는…… 궁기에게 거스른 치타 사도다!

그 사실을 깨달은 나는 뒤돌았던 몸을 다시 돌아서 시마를 구출하러 갔다.

"이치로 성! 무리입메!"

"안 됩니다, 이치로 님! 늦었어요!"

톳코와 주리의 외침이 들렸지만 신경 쓰지 않고 돌진했다.

만약 시마까지 삼킨다면 슈는 또 강해질 것이다. 이 이상 저 괴물에게 먹이를 줄 수는 없다.

무엇보다 지금 그녀를 죽게 내버려 두면 몸 바쳐 시마를 지킨 사이힐이 성불하지 못할 거다. 적 간부 캐릭터가 목숨을 바쳤다. 나는 그걸 헛되이 하고 싶지 않았다.

그러나 늦었다.

한번 도망치려고 뒤돌아 섰던 게 결정적 실패였다.

시마에게 닿기까지 2m. 내 앞에서 슈가 낙하하며 주먹을 내려쳤다. 초중량에 더해 낙하의 기세가 붙은 강력하고 무자비한 일격이다.

"자. 이걸로 시마의 영혼도 입수."

그런 궁기의 목소리와 호리병 뚜껑이 뽁 하고 열리는 소리가 들린 순간.

엄청난 폭음과 동시에 지진인가 싶은 흔들림과 강력한 바람이 한꺼번에 일어 내 몸이 튕겨나갔다. 'ㄷ'자 모양으로 날아가 엉덩이로 세 차례 땅바닥을 튕기는 결과가 되었다.

'크윽! 꼬, 꼬리뼈가…….'

끙끙대면서도 사실은 나는 안도했다. 괜찮아, 시마는 무사하다.

나는 보았다. 슈의 주먹이 그녀에게 직격하기 직전──칠흑의 그림자가 맹렬한 속도로 날아온 모습이.

'나 참, 하면 되잖아.'

몸을 일으키고 현장을 확인했다.

역시나 도철이 슈의 주먹을 막고 있었다. 양다리가 땅바닥에 박힌 채 엉거주춤한 자세로 버티며 치타 사도를 보호하고 있었다.

"아야야……. 제길, 왜 내가 이런 일을……."

아슬아슬하게 시마를 구한 도철에게 나는 박수와 칭찬을 보냈다.

"잘했다, 텟짱! 지금 행동으로 아마도 한 사람쯤 팬이 생겼을 거야!"

머릿속에서 혼돈이 "칭찬할 거 없어. 저 녀석이 슈를 놓쳤잖아"라고 헐뜯었지만 결과 만족이다. 높이 평가해줘도 되잖아.

슈의 거대한 팔을 밀어내면서 도철이 뒤에 있는 치타 사도에게 외친다.

"이봐 시마! 얼른 일어나! 언제까지 【마신】을 버티게 할 거야!"

그러나 시마는 주저앉은 채 그저 멍하니 도철을 올려다볼 뿐이었다. 여자아이답게 양다리를 옆으로 가지런히 모은 게 여태까지의 그녀답지 않다.

"도, 도철 님…… 어째서 저를……."

"너를 먹잇감으로 삼게 둘 수는 없다고!"

"그 말씀은 그러니까 제가…… 제가 필요하다는 뜻인가요. 궁기 님께 버림받은 저를 받아준다는 뜻인가요……."

"이 비상시에 캐릭터 바꾸지 마! 귀찮으니까 저리 가!"

"네, 네!"

뒤집힌 목소리로 대답하고 바로 일어나는 치타 사도. 다시 한번 도철을 글썽이는 눈동자로 바라보고는 그대로 다리를 끌며 폐공장에서 나갔다.

'좋아, 시마는 퇴장했구나. 지금의 리액션이 마음에 좀 걸리지만……'

저 표정에 저 말투……. 설마 도철 녀석 치타 사도와 플래그를 세워버린 건가? 정말로 팬이 생겨버렸나?

그렇다면 몸 바쳐 시마를 지킨 사이힐이 다른 의미로 성불하지 못한다. 건방진 연애는 벌해주기 바란다……. 그런 나의 우려는 혼돈의 호통으로 날아갔다.

'멍청이 있지 마, 도령! 뒤다!'

"엉?"

얼빠진 대답을 하면서도 나는 직감적으로 위험을 감지하고 몸을 수그렸다.

곧바로 뒤에서 날아온 발차기가 뒤통수를 스쳐 지나갔다. 사이힐의 거구를 날린 흉악한 돌려차기였다.

"호오, 이번에는 피했나. 훌륭한 반응이로군 코바야시."

"아기토, 네놈……."

돌아보니 그곳에 아기토가 있었다. 머리 위에는 여전히 여우가면【마신】이 우뚝 솟아 있다.

"자, 약속대로 결말을 내자. 나와 너, 누가 히노모리 류가에 어울릴지……. 이 자리에서 명확하게 가르는 거다."

"이 자식아 웃기지 마! 배틀은 축제가 끝날 때까지──."

"그쪽이 휴전 협정을 깼잖나. 듣고 싶지 않다."

말하자마자 곧바로 공격하는 아기토.

본의 아니지만 어쩔 수 없이 대처하는 나. 그러나 무척 힘든 작업이었다.

퍼붓는 주먹과 발차기가 무시무시하게 빠르다. 그리고 하나같이 정확하게 급소를 노린다. 공기를 가르는 소리가 나중에 공격보다 뒤늦게 들려왔다.

'이, 이 녀석, 역시 평범한 인간이 아니었어! 인간 수준을 넘어섰잖아!'

나도 빠듯한 수준이다. 간신히 반격하는 정도였다.

어중간하게 대처하다가는 내 목숨이 위태롭다. ……어쩌지? 진심으로 할까? 아기토와 진짜 전투를 벌여도 되나? 대외비로 끝날까?

"흠. 너는 역시 평범한 인간이 아니구나. 인간 수준을 뛰어넘었어."

"나랑 똑같은 평가하지 마! 상처 입으니까!"

"하지만 승자는 나다. 용(류)의 엄니(가)는── 턱(아기토) 안에 있어야 하는 법이다."

"큭, 뭔 말인지 모르겠지만 뭔가 멋진 대사를……."

"이 포엠을 예전에 히노모리에게 보냈지. 무척 감동했나 보더군. 바로 답장이 왔다. '무슨 말인지 모르겠어'라고."

"나랑 똑같은 평가잖아!"

그런 대화를 주고받으며 우리의 공방은 점점 빨라졌다. 유감스럽게도 인간끼리 초차원 배틀을 전개하고 말았다.

울고 싶은 사태였다.

4

"류가. 이 커피 두 잔 3번 테이블에 가져다줘."

"응, 알았어."

류가는 엘미라에게 받은 컵을 쟁반에 얹어 서둘러 3번 테이블 손님에게 갔다.

시각은 현재 오후 2시 반. 자신이 메이드로 복귀한 순간 또다시 바빠졌다. 남자라고 말했는데 전화번호나 라인 아이디를 건네는 사람이 끊이지 않았다.

'귀엽다고 생각해주는 건 기쁘지만……. 하아, 이치로는 어쩌고 있을까. 미온이나 키키를 잡았을까…….'

사실은 함께 수색하고 싶었다.

그렇다지만 내심 삼 공주는 별로 걱정하지 않는다. 상태를 봐서는 이전이랑 같았으니까. 역시 그녀들은 적으로 돌아서진 않은 것 같았다

그러니까 진심을 털어놓자면 수색이라 칭하는 데이트를 하고 싶었다. 남자친구랑 둘이서 더 많은 가게를 돌고 싶었다. 그렇게 생각하는 건 당연한 소녀의 마음이지?

'아까 고토쿠지에게 메이드 차림 사진을 찍혔어……. 우울해.'

하지만 어쩔 수 없다. 나는 2학년 B반 학생이고 반에 공헌해야 한다.

어차피 이제 20분 정도 버티면 된다. 3시 반부터는 무대에서 밴드 연주가 있으니까. 그 얘기는 이미 반 애들에게도 말했다.

'그러고 보니 텐료인은 어디로 갔지? 내가 메이드로 복귀했다는 얘기를 듣고 또 손님으로 오지 않을까 걱정했는데……'

텐료인도 베이스 기타를 친다고 했지. 아니, 경쟁할 마음은 없지만. 이치로가 칭찬해주면 그걸로 충분하지만.

'연주를 잘하면 이치로한테 머리 쓰담쓰담 해달라고 해야지. 그리고 나중에 꼭 껴안고 "애썼어 류가, 사랑해"라고……. 후후, 우후후후.'

그런 망상에 젖으면서.

류가는 치맛자락을 잡고 "주인님. 커피 두 잔 나왔습니다냥" 하고 손님에게 미소를 뿌렸다.

메인 캐릭터들이 축제 이벤트에 힘쓰고 있을 그 뒤에서.

폐공장 안에서는 지금 흘러가듯이 두 가지 격투가 펼쳐졌다.

——합체 사도·슈와 나의【마신】·도철.

——궁기의 그릇·텐료인 아기토와 친구 캐릭터·코바야시 이치로.

첫 번째 전투는 그렇다 치고 두 번째 전투는 심각한 문제였다. 절대로 있어서도 안 되고 누구도 이득을 얻지 못하는 카드였다.

"나와 이만큼이나 겨루다니…… 역시 나의 라이벌이로군, 코바야시."

"멋대로 라이벌로 만들지 마! 나는 친구 캐릭터라고!"

눈 한번 깜짝일 사이에 무수한 주먹이 날아왔다. 덤으로 사각에서 발차기도 날아왔다.

발재간도 위험지만 주먹도 방심할 수 없다. 아기토는 손가락에 해골이며 오망성 같은 불온한 디자인 반지를 끼고 있다. 맞으면 얼굴이 변할지도 모른다.

"아기토! 그만 류가는 포기해! 대신에 고토쿠지를 소개해줄게!"

"그 녀석은 누구야. 나에게 어울리는 여자는 히노모리밖에 없어."

"류가는 남자래도! 나는 몇 번이나 본 적 있어! 그 녀석의 훌륭한 거시기를!"

"또 그딴 소릴……. 히노모리에게 거시기 따위는 존재하지 않는다."

"있다고 하잖아! 그야말로 용의 엄니 같은 거시기가!"

"그렇다면 그 거시기까지 사랑할 뿐이다."

"제, 제정신이냐, 아기토! 거시기라니까!"

그런 우리에게 궁기가 "전투 중에 거시기로 대화하지 말도록"하며 핀잔을 주었다. 이놈 음헌한 여우 자식, 머리 위에서 태평하게 관전하다니!

"있지, 아기토. 슬슬 마음이 풀렸지? 이제 물러나지 않을래? 굳이 서둘러 코바야시 소년과 결판을 낼 필요 없잖아."

그러나 궁기의 설득에도 아기토는 응하지 않았다. 【마신】의 말을 무시하고 계속 싸웠다.

"이런 이런, 곤란한 그릇이로군……. 있지, 코바야시 소년도 자중해. 애초에 너—— 아기토한테만 정신이 팔려도 괜찮아?"

궁기가 그렇게 말한 순간. 내 머리 위에서 한기가 느껴질 정도의 강대한 사기를 감지했다.

올려다보니 여우 가면 【마신】이 양손에 시커먼 장기 덩어리를 모았다. 저 이펙트는 본 적이 있다. 도철과 혼돈도 한때 같은 행동을 했다.

그들 【마신】은 마치 대포처럼 손으로 사기 파동을 쏜다.

'설마 궁기 녀석 전투에 개입할 작정인가? 위험해, 이 거리에서 저런 걸 맞으면 죽을 거야! 머리털이 타서 꼬불꼬불해지는 정도로 끝나지 않아!'

황급히 도철을 도로 부르려 했지만 도철은 슈와 서로 맞

잡고 힘을 겨루는 중이었다. 어이! 스모나 하고 있을 때가 아니야! 숙주가 대위기라고!

하지만 궁기는 내 예상과는 다른 생각을 하고 있었다.

궁기는 엉뚱한 방향을 노리고 있었다. 부지 입구 부근을.

즉—— 이쪽 상황을 지켜보는 유키미야가 있는 곳을.

"뭣……!"

"늦었어, 코바야시 소년."

그 직후에 궁기의 다섯 손가락에서 사기의 파동이 방출되었다. 시커먼 흉탄 다섯 개가 꼬리를 끌며 혜성처럼 그녀에게 날아갔다.

아기토의 맹공으로 나는 움직일 수 없다. 마찬가지로 슈에게 저지당해 도철도 움직일 수 없다.

"유키미야! 도망쳐어어어—!"

내가 있는 힘껏 외칠 때, 유키미야도 동시에 외쳤다.

"그 수법에는 안 넘어감메!"

다시 유키미야의 머리 위에 나타난 톳코가 채찍처럼 양팔을 휘어서 덮쳐오는 파동들을 떨어뜨린다. 배구의 어택처럼.

"시오리짱을 상처 입히는 건 내가 용서 못 하오!"

그랬다. 톳코는 모습을 집어넣었을 뿐 유키미야와 바꾸지 않았다.

파동 다섯 개를 전부 요격하다니 역시 썩어도 【마신】이다. 북 치는 게임에서 신기록을 달성한 실력답다.

오른쪽 다섯 손가락에 새로운 사기를 충전하면서 궁기가 감탄한 듯이 휘파람을 불었다.

"헤에, 제법이네 톳코. 한 방 정도는 맞을 줄 알았는데."

"큐짱! 내는 화났습메! 사도를 괴물의 먹이로 주다니 큐짱은 호박 도둑처럼 나쁜 놈입메!"

"나, 호박 싫어해."

"편식까지 하기오! 호박은 영양 만점임메!"

"그 비주얼로 호박 같은 말은 하지 않은 편이 좋을걸?"

"여우한테 듣기 싫소!"

뿌루퉁하게 화내는 사다코틱한 【마신】과 키득키득 웃는 여우틱한 【마신】.

아아…… 역시 이 장면은 통편집이야. 친구 캐릭터가 전투를 벌이고 아직 주인공 앞에 나타나지 않은 【마신】 두 명이 호박 토크를 하고 있다니.

"그런데 톳코. 내 공격 언제까지 막을 수 있을까? 아직 너는 부활한 지 한 달밖에 안 됐지? 그릇에 얼마나 익숙해졌어?"

궁기의 다섯 손가락에서 또다시 파동이 나왔다. 그것도 연달아서.

"난이도를 조금 올릴게. 힘내."

"이, 이딴 거 북 치기 게임의 베리 하드 모드에 비하면……!"

몇십 개나 되는 흑탄이 날아들자 톳코도 고전하기 시작했다.

게다가 모든 사기가 저마다 다른 궤도로 날아오니 전부 막기가 어려운 것이다. 스트레이트, 커브, 슬라이더, 숏, 포크…… 우리 선발과는 달리 훌륭한 동작이다.

　"크윽, 손이 저림메……."

　"아하하, 잘 버티는구나 톳코. 하지만 그만큼 내 파동을 맞아도 괜찮아? 네가 아니라 유키미야 시오리 말이야."

　바라보니 유키미야가 트랜스 상태이면서도 얼굴을 고통으로 일그러뜨리고 있었다.

　'설마 저건……. 톳코의 대미지가 유키미야에게도 전해지는 건가?!'

　예전에 쿄카가 혼돈에게 씌었을 때를 떠올렸다.

　그때 【마신】이 받은 대미지는 숙주에게도 링크되었다. '절복'하지 않은 상태란 그런 위험이 있다.

　'이대로는 위험해. 톳코를, 유키미야를 구해야 해!'

　그렇지만 궁기의 포격을 방해할 만한 여유가 나에게는 없었다.

　조금 전부터 아기토의 공격이 점점 격렬해지고 있다. 숨이 차기는커녕 도리어 시동이 걸린 상태다.

　어떻게든 해야 한다……. 그런 초조감에 휩쓸린 순간.

　결국 사기 하나를 맞은 톳코가 몸을 뒤로 크게 젖혔다.

　"좋아 게임 오버. 페널티는―― 그릇의 파괴다."

　궁기가 말하자마자 지금까지 쓰지 않은 왼손을 들었다. 오로지 사기를 모으기만 한 비장의 주포다.

나는 모양새 따위 생각하지 않고 도약해 궁기의 왼손을
발로 차려고 했다. 그러나 이는 아기토가 저지하며 실패로
끝났다. 놈이 체중을 실은 다리를 공격하는 바람에 점프할
수 없었다.

"아기토……!"

"다른 곳에 정신 팔지 마라. 네 상대는 나——."

말을 마치기를 기다리지 않고 아기토의 명치에 소배트
를 찔러넣었은 순간, 궁기가 왼손의 파동포를 유키미야에
게 쏘았다.

톳코는 자세가 흐트러진 상태다. 나는 이미 늦었다. 도
철도 무리다.

이번에야말로 다 틀렸다—— 그렇게 생각한 순간.

킹코브라 사도가 유키미야 앞을 가로막았다. 금발이 부
스스 흐트러지고 아직 부상이 치유되지 않은 '나락의 삼
공주'의 장녀가.

"주, 주리!"

"이치로 님, 신세 졌습니다. 미온과 키키를 잘 부탁드립
니다."

이쪽을 보고 미소 짓는 주리에게 궁기의 거대한 파동이
날아들었다.

나는 이 모든 광경이 슬로모션 영상처럼 보였다.

그리고——.

이윽고 파동이 폭발했다. 시커먼 빛의 격류가 파열하고

돌풍이 피어올랐다.

"…………."

마침내 빛과 바람이 걷히고 주위에 정숙만이 남았다.

……결론부터 말하면 주리는 무사했다. 유키미야와 톳코도 무사했다.

파동이 터지기 직전, 주리를 떠밀고 공격을 막은 사람이 있었다── 바로 루니에였다.

주리의 숙적이자 톳코의 심복이고 유키미야의 집사인 왕거미 사도였다.

"크윽……."

작게 신음하며 루니에가 그 자리에 쓰러졌다. 온몸이 불탄 듯이 새카맸으며 연기가 풀풀 피어올랐다.

그런 무지막지한 걸 맞았다. 날아가지 않은 것만으로도 대단하다. 튼튼한 육체 덕분인가.

"루, 루니에…… 당신, 어째서……."

땅바닥에 엉덩방아를 찧은 채 주리가 얼이 빠진 소리를 흘렸다.

"세, 세바스, 찬……?"

이어서 유키미야의 쉰 목소리가 들렸다. 아무래도 톳코와 체인지한 것 같은데 상황은 곧바로 파악한 모양이다.

땅바닥에 엎드린 왕거미 사도를 향해 여우 가면 【마신】이 어깨를 살짝 으쓱한다.

"어라라. 이런 전개가 되어버렸네……. 하지만 즉사가

아니었던 것만으로 좋아. 이걸로 또 하나 장군급 영혼을 얻었다."

나직한 목소리로 웃으면서 궁기가 말했다.

"이런 형태로 퇴장하다니 유감이야, 루니에. 모처럼 동맹을 맺는 척해서 내 허점을 찌를 생각이었는데."

허점을 찌른다니? 그 말에 당황하면서도 나는 곧장 톳코 곁으로 달려갔다. 내 소배트를 먹고 아기토가 웅크린 사이에.

유키미야가 루니에 상체를 안아 올렸다. 그런가, 톳코가 유키미야로 바꾼 이유는 치유 능력을 쓰기 위해서인가.

"루니에의 생각 정도는 쉽게 읽을 수 있지. 나를 봉인하고 톳코를 아기토에게 이사시킬 작정이었지? 코바야시 소년처럼 아기토에게 두 【마신】을 품게 하려고."

톳코를 아기토에게 이사시켜? 나와 마찬가지로 【마신】을 둘 데리고 있게 한다?

7, 8m쯤 떨어진 궁기를 응시하며 나는 "무슨 말이냐"고 물었다. 다행히도 적은 더는 파동을 쓸 생각이 없는 듯했다.

"말한 대로야. 다만 둘을 가졌더라도 나는 다시 잠들게 할 예정이었지. 그렇게 하면 아기토는 사실상—— 톳코만의 그릇이 되니까."

궁기의 해설은 좀처럼 요령이 없다.

그러면 단순히 톳코의 그릇이 바뀔 뿐이다. 거기에 무슨 의미가 있지?

점점 더 당황하는 나에게 여우 가면【마신】은 수다스럽게 떠든다. 마치 왕거미 사도의 속내를 대변하듯이.

"슈의 존재를 몰랐던 루니에는 말이지, 이미 전투의 추세는 결정됐다고 생각했어. 텟짱, 톤짱, 그리고 톳코까지 인류와 공존을 선택한 시점에서."

"…………."

"이제 나만 봉인하면 돼. 내가 재차 부활할 무렵에는 인류와 '나락의 사도' 관계는 크게 바뀌어 있겠지── 그러니까 루니에는 멋대로 '이야기'를 마무리 지으려고 한 거야."

나, 유키미야, 주리의 시선이 모두 왕거미 사도에게 쏠렸다.

그러나 그는 유키미야의 무릎 위에서 입을 다물었다. 다리 여섯 개는 축 처져서 꿈쩍도 하지 않았다.

'이게 무슨…… 루니에는 처음부터 인류와 공존에 찬성이었다고……?'

멋대로 이야기를 마무리 짓는 건 곤란하지만 목표한 바는 우리와 똑같잖아. 슈퍼 주차장에서의 '공존에 반대'라는 자세는 새빨간 거짓말이었다.

"그러니까 루니에는 그 뒷일을 생각한 거야. 있지, 코바야시 소년. '나락의 사도'와 전투가 끝나면── 히노모리 류가와 사신은 어쩔 거야?"

어쩌냐니 그야 평범한 생활로 돌아가야지.

메인 캐릭터들은 떳떳하게 숙명에서 해방되어 각자 평온한 생활로 돌아간다. 이야기 마지막은 그런 법이다.

그것은 내가 구상한 라스트이기도 하다. 마지막은 엔딩 크레디트가 올라가는 가운데 모두의 일상이 순서대로 흘러간다.

그런 내 사고를 읽은 듯이 궁기가 나직하게 웃는다.

"전투와는 무관한 평범한 생활……. 그렇게 지내지 못할 사람이 거기에 딱 한 사람 있지."

짐승처럼 예리한 손톱으로 궁기가 유키미야를 가리켰다.

"몸에 【마신】을 품은 채 평범한 생활 따위 가능할 리가 없어. 다시 말해 유키미야 시오리만이—— 숙명에서 벗어날 수 없지. 【마신】의 그릇이라는 숙명으로부터."

그제야 나는 겨우 알았다. 톳코를 이사시키려 한 루니에의 의도를 말이다.

그런가. 그의 목적은 '유키미야 시오리를 해방하는 것'이었다. 전투의 숙명으로부터. 【마신】의 그릇이라는 역할로부터.

물론 평화가 찾아오더라도 메인 캐릭터들에게는 수호신이 깃들어 있다. 그러나 더는 소환할 필요가 없다. 【황룡】이나 사신은 어디까지나 영수이기 때문이다.

'하지만 톳코는 달라. 【마신】은 인격을 지녔고 먹고 마시기도 하고 인간과의 교류를 바라고 있어. 잠든 것도 아닌데 방치할 수는 없어.'

그러니까 유키미야는 '톳코를 양녀로 삼겠다'는 생각까지 한 거다.

　그녀에게는 【마신】이 평생 따라붙는다. 나도 남 말할 처지가 아니지만.

　"저기 코바야시 소년. 루니에는 나보다 훨씬 질이 나쁜 녀석 같지 않아? 나랑 너 양쪽을 속이고 나에게 접근하기 위해 삼 공주 말살 청부까지 받아들인 데다 아기토에게 톳코를 떠넘기려고 했어."

　"…………."

　"그것도 톳코를 위해서가 아니라 적인 유키미야 시오리를 위해서. 너도 화낼 만한 상황 아냐?"

　나에게 그럴 자격은 없다. 나도 만만치 않게 이기적이기 때문이다.

　루니에는 주군 이외의 존재를 벌레 정도로밖에 생각하지 않는다── 미온이 그렇게 말했다.

　사실 그대로겠지. 아기토의 인생도 삼 공주의 목숨도 루니에에게는 돌아볼 가치가 없었을 것이다. 삼 공주를 희생양으로 삼을 거라면 나에게 협력을 요청하지 못한 것도 이해가 간다.

　모든 것은 주군을 위해. 다만 류장·루니에의 주군은──톳코만이 아니다.

　여전히 왕거미 사도의 검지에 유리구슬 반지가 있는 건…… 그런 뜻이다.

"하지만 루니에의 계획은 처음부터 파탄 나 있었어. 그는 슈의 존재를 몰랐으니까. 그리고 텐료인 아기토라는 그릇을 잘못 가늠했지."

그 아기토가 배를 누르며 일어났다.

힘 조절은 했지만 보통 사람이라면 15분은 기절했을 공격이었다. 벌써 움직이다니.

"아기토가 유례가 드문 그릇인 건 루니에도 간파한 것 같네. 하지만 가능한 건 고작해야 【마신】을 둘 집어넣는 것…… 그것도 한쪽을 잠재운 상태가 한계라고 생각했겠지."

다시 말해 【마신】을 더블로 데리고 있는 것보다 '절복'이 대단한 건가. 기준을 잘 모르겠다.

"아기토가 '절복'까지 가능하다면 루니에에게는 큰 문제야. 만약 톳코도 '절복'당한다면…… 【마신】과 그릇의 상하 관계는 뒤바뀌어버리니까."

그래서 루니에는 궁기에게 의식을 빼앗기지 않은 아기토를 보고 조금 전 그렇게 안색이 달라진 건가.

주도권을 빼앗긴 【마신】은 그릇이 사역하는 처지가 된다. 바로 내가 도철과 혼돈을 혹사하고 있는 것처럼 말이다.

"단언해도 좋지만 아기토는 틀림없이 톳코를 '절복'할 수 있겠지. 그리고 이것도 단언하는데 그때는 아마도── 그녀를 파괴 도구로 이용할 거야."

"…………."

"아기토의 바람은 '인류의 끝을 보는' 거였으니까. 나의 충실한 마리오네트가 되어준 이유는 목적이 일치했기 때문이야."

그때. 유키미야의 무릎베개를 하던 왕거미 사도가 살짝 눈을 떴다.

그러나 두 눈동자는 흐리멍덩하고 초점이 맞지 않았다. 유키미야가 열심히 치유했지만 여전히 일어날 수조차 없는 듯했다.

"시오리 아가씨…… 저는…….."

괴로운 듯 신음하는 루니에의 얼굴을 유키미야가 사양하게 쓰다듬는다.

"말하지 마, 세바스찬. 이야기라면 나중에 들을게. 물론 나와 톳코의 잔소리도 들어야 해. 그러기 위해서라도 치유하게 해줘."

"저는 아가씨께…… 평범한 생활을…….."

"그건 나에게 톳코와 세바스찬이 있는 생활이야. 나 자신이 그걸 바라고 있어. 그러니까…… 돌아와 세바스찬. 아까도 말했지? 설령 '나락의 사도'라도 나에게 당신은——."

유키미야가 그렇게 말하던 도중이었다.

"그만. 이제 토크 타임은 종료야."

갑자기 궁기의 오른팔이 쑥 늘어나 이쪽으로 날아왔다.

"!"

닥쳐오는 하얀 털의 팔에 나와 주리가 곧바로 반응한다.

하지만 틈을 주지 않고 뻗은 왼팔의 견제 포격으로 우리의 움직임은 막혔다.

그 틈에 궁기의 오른손은 루니에의 몸을 움켜쥐었다.

왕거미 사도를 유키미야에게서 빼앗아갔다.

5

"세, 세바스찬!"

궁기에게 구속된 루니에를 향해 유키미야가 외친 것과 거의 동시였다.

"으랴아아아아―!"

부지 한쪽에서도 고함이 들리며 이어서 쿠쿵! 하고 땅울림이 울렸다. 돌아보니 도철이 슈를 한판 업어 치기로 날린 상황이었다.

"와하하하! 좋아 한판! 내 승리다 괴물놈아!"

태평하게 웃는 우리의 【마신】. 아까는 스모였는데 유도가 되었다.

저 합체 사도에 파워로 이긴 건 대단하지만 지금은 그럴 때가 아니다. 루니에가 잡혔다.

궁기의 거대한 손이 쥔 왕거미 사도가 압박으로 신음한다. 큰일이다. 이대로는 사이힐에 이어 그도 슈의 먹이가 되겠다!

만족스럽게 이마를 쓱 닦더니 도철이 드디어 이쪽을 본다.

궁기의 수중에 있는 루니에를 알아채고 "헉?" 하고 얼빠진 소리를 냈다.

그런 동포에게 궁기가 왼손으로 얼굴을 긁적인다.

"놀랐어, 텟짱. 사이힐까지 흡수한 슈가 당해내지 못하다니…… . 너, 그렇게 강했어? 그냥 멍청이 아니었나?"

"누가 멍청이야! 내가 이런 신참에게 질 것 같냐! 어이 궁기, 왕거미를 돌려줘! 그러지 않으면 이 녀석에게 텍사스 클로버리프를…… ."

도철이 대항해 슈를 인질로 삼으려 했지만, 그보다 빨리 궁기가 손가락으로 딱 소리를 냈다.

그 순간 슈의 몸이 혼화하듯이 소멸해 대량의 입자가 되어 흩어졌다. 그것이 일제히 궁기로 향해 높이 든 호리병 안으로 빨려 들어갔다.

'슈를 회수했어? 소재 상태로 돌릴 수도 있는 건가?'

호리병 뚜껑을 꾹 닫더니 궁기가 자신의 그릇을 다시 타일렀다.

"자, 아기토, 오늘은 여기까지다."

"무슨 소리. 아직 나랑 코바야시의 승부는 끝나지 않았어."

"아까 맞은 배가 꽤 아프지 않아? 그 상태로 이길 만큼 코바야시 소년은 만만한 상대가 아니야. 다시 붙는 편이 좋다니까. 응?"

여전히 아기토는 나를 노려보았지만 이내 마지못해 발길을 홱 돌렸다.

아무래도 【마신】의 설득을 받아들이기로 한 모양이다. 하지만 이대로 잠자코 보낼 수는 없다. 루니에를 풀어주지 않는 한은.

"기다려, 이봐!"

아기토와 궁기의 등을 향해 나는 즉각 호통친다. 우연히 도철도 똑같은 말을 소리쳐서 화음이 되고 말았다.

"갈 거면 루니에를 두고 가! 그 녀석은 네 부하가 아니잖아! 톳코 진영이잖아!"

"미안하지만 루니에는 나의 전리품이야. 그의 혼을 넣으면 슈는 한층 더 파워업하겠지……. 이야기가 고조되어 너도 기쁘지?"

궁기의 말에 유키미야가 창백하게 질린 얼굴로 일어났다.

"그게 무슨 말입니까. 당신은 【마신】 궁기이군요? 세바스찬의 영혼을 넣는다니…… 대체 무슨 의미입니까……!"

"처음 만나네 【백호】. 말 그대로야. 그러니까 루니에는 데려갈게."

그 의미를 깨달은 유키미야가 그 자리에서 달려가려 했다. 그러나 주리가 뒤에서 꼼짝 못 하게 붙들어 움직임을 구속당했다.

"놓으세요! 궁기는 세바스찬을 혼화해 아까 그 괴물에게 집어넣을 작정이에요!"

"침착해 유키미야. 루니에는 이미 구할 수 없어."

주리의 매정한 말에 유키미야가 납득할 리가 없다. 나도 납득하지 못했다.

그렇다면 대신에 내가 탈환할 뿐……!

그러나 나를 막은건 다름 아닌 루니에였다.

"코바야시 님…… 지금은 물러나십시오……."

궁기의 손안에서 숨을 헐떡이며 말하는 왕거미 사도. 물러나라고 해서 물러날까보냐. 중태인 루니에는 이미 자력으로 탈출할 수 없다!

"저는 주리를 처리하려 했습니다……. 코바야시 님이 저를 구하는 건 도리에 어긋납니다……."

"그건 아까 주리를 감쌌으니 무효다! 무단으로 퇴장하는 건 스토리 플래너로서 용서 못 해!"

"부디 이해를……. 응보입니다……. 도올 님의 뜻을 거스르고 시오리 아가씨를 괴롭힌 것에 대한……."

이어서 루니에의 시선이 내 뒤쪽으로 움직인다. 눈물로 얼굴이 엉망이 되어서 주리를 떼치려고 발버둥 치는 자신의 주인에게.

"시오리 아가씨……. 세바스찬으로 마지막 일을 하려다가 이리도 틀어지고 말았습니다……. 면목 없습니다."

"그만해 세바스찬! 작별하는 것 같은 소리 하지 마!"

"저를 '가족'이라고 말씀해주셔서…… 무척 기뻤습니다……. 하오나 이제 저는 잊고……."

"가족을 어떻게 잊어! 기다려 세바스찬! 지금 구해줄게!"

그러나 주리는 허용하지 않았다. 그뿐만 아니라 나한테

까지 엄중히 자제를 촉구했다.

"이치로 님. 루니에의 지키지 못한 시점에서 저희의 패배입니다. 이제 어쩔 수 없습니다."

냉담한 킹코브라 사도의 말에 나는 망연했다.

그야 주리에게 루니에는 용서할 수 없는 놈이겠지. 자신만이 아니라 미온과 키키의 목숨까지 걸려고 한 불구대천의 적이겠지. 하지만 그렇다고 해서……

"만약 저희가 움직이면 궁기 님은 그 순간에 루니에를 처리하시겠죠. 생각에 따라서는 그게 더 나은 상황이기도 합니다. 궁기 님이 직접 손을 쓴 영혼은 슈에게 집어넣을 수 없는 모양이니까요."

"데려간다면 그거야말로 슈에게 당할 거라고!"

"예. 하오나 저는 이대로 보내는 것을 제안드립니다. 설령 루니에가 먹이가 되더라도."

"어째서!"

"유키미야 시오리에게── 루니에가 죽는 순간을 보이지 않기 위해서입니다. 슈의 강화 따위보다 훨씬 피해야 할 사태입니다."

단호하게 말한 주리는 의심할 여지 없이 헤비즈카 선생님의 얼굴이었다.

분명히 여기에서 궁기 자신이 루니에를 죽인다면 슈의 재료로는 쓸 수 없다. 어차피 왕거미 사도의 운명이 마찬가지라면 그게 우리에게는 유리하다.

……아니 틀렸다. 그게 어디가 유리한 책략인가. 그렇다고 해서 유키미야가 루니에가 죽는 모습을 지켜보라는 소리인가? 그녀의 마음에 깊은 상처를 입히라는 소리인가?

내 머리가 급속히 식었다.

'감정적으로 행동할 때가 아니야. 이 상황에서 우리가 뭘 해도 궁기가 루니에의 숨통을 끊는 게 더 빨라……. 이미 가망이 없어.'

나는 이제 움직일 수 없었다. 도철도 자꾸만 고개를 갸웃거리며 이러지도 저러지도 못했다.

그때 다시 루니에가 입을 열었다.

"미안하다 주리……. 설마 네놈에게 고맙다는 인사를 하게 될 줄이야……."

"감사받을 일 아니야. 너를 버리려고 하는 거니까."

거리를 두고 한동안 서로 응시하는 킹코브라 사도와 왕거미 사도.

어째서인지 아기토는 그 자리에 멈추어선 채 우리에게 무방비한 등을 드러냈다.

"주리여, 언젠가 그대에게 말했지……. 이 륙장·루니에가 모시기는 분은 어떠한 때도 도울 님 한 분……. 그것이 나의 긍지라고……."

"그러네. 아마 내가 고집불통 영감일 뿐인 거 아냐? 라고 대꾸했던가."

"비웃어라. 나는 이미 사도로서 긍지 따위 잃었다…….

그 같은 말을 하면서 두 주군을 품었다······. 참으로 후안무 치한 일이지······.”

“그런 당신이 더 멋진걸.”

금발을 쓸어올리며 입꼬리를 살짝 올리는 주리. 평소에 야한 얘기만 하는 그녀는 완전히 봉인했다.

“루니에, 뒷일은 맡겨. 톳코 님과 유키미야 시오리를 지 키는 역할······ 이 환장·주리가 이어받아줄게.”

“······부탁한다.”

그 한마디를 신호로 아기토가 조용히 걸어간다. 머리 위 궁기, 그리고 루니에를 데리고 어스름한 폐공장 안에서 사 라진다. 아마도 건물을 빠져나가 뒤로 나갈 생각이겠지.

가능하다면 쫓고 싶다. 그러나 그런다고 해서······ 루니 에를 구할 가망은 없다.

떠나는 아기토를 어쩌지도 못한 채 지켜보았다.

‘이봐 도령. 루니에는 포기해. 저 녀석은 저 녀석대로 멋 대로 움직였어, 이렇게 될 각오는 했겠지.’

내 머릿속에서 혼돈의 목소리가 들렸다. 많은 일이 있어 서 존재를 까맣게 잊고 있었다. 마지막까지 도철이 싸우게 하고 말았다.

“이봐, 혼돈 아저씨. 루니에의 계획은 정말로 옳았을까? 아기토에게 이사시킬 바에야 하다못해 일시적으로라도 쿄 카에게······.”

‘그건 이 몸이 루니에에게 못을 박아버렸어. 쿄카땅에게

손을 댔다가는 어중간하게 죽이지는 않을 거라고.'

그 말에 루니에는 "말씀을 새겨두겠습니다"라고 대답했다. 궁기 이외의 【마신】과 일을 시끄럽게 만드는 건 그도 바라지 않았던 걸까.

'유키미야 앞에서 사라져도 지장이 없는 인간. 그것이 톳코의 그릇으로서 최선인 인선이었겠지. 쿄카땅이나 도령은 그럴 수 없으니까.'

유키미야를 살피자 땅바닥에 엎드려 오열하고 있었다.

그녀 안에서 톳코도 울고 있을지 모른다. 그때 어째서 루니에를 데려가는 걸 막지 못했는가…… 자신의 무능함이 분했다.

'그런데 도령. 총명한 이 몸한테 한 가지 제안이 있다만, 좀 들어봐. 루니에를 되찾을 가능성이—— 전혀 없는 건 아닐지도 모른다.'

"어?"

혼돈의 예기치 못한 발언에 내 목소리가 뒤집혔다.

똑같은 타이밍에 주리가 천천히 유키미야 바로 앞에 섰다.

"세바스찬…… 세바스찬이……."

"루니에의 마지막 모습을 보지 않아도 된 것만으로 행운이라고 여겨. 그리고 참견하는 김에 내 이야기를 들어봐. 루니에를 되찾을 가능성이—— 전혀 없는 건 아냐."

그 말에 유키미야가 깜짝 놀라 눈을 휘둥그렇게 뜬다. 신기하게도 킹코브라 사도가 혼돈과 똑같은 말을 했다.

'호오. 주리 녀석, 이 몸과 똑같은 생각을 했는가.'

나직하게 말하는 혼돈에게 나는 말을 잘라먹듯이 물었다.

"무, 무슨 말이야? 루니에가 죽는 걸 막을 수단이 있어?"

'그딴 건 없어. 루니에는 99% 슈의 먹이가 되겠지. 그건 포기해.'

"그럼 소용없잖아!"

'이 몸의 말은 그 뒷일이야. 요컨대 "슈의 일부가 된 상태에서 루니에를 되찾는다"는 거지. 여기까지 말하면 도령은 이해하겠지?'

그런 소리를 들어도 이해가 안 간다. 루니에가 먹잇감이 되는 건 포기하는 수밖에 없지만, 그 상태에서 구할 방법은…… 있다는 건가?

내 목소리가 들렸는지 주리가 이쪽을 돌아보았다.

"가사리예요, 이치로 님. 하기야 저는 키키에게 전해 들었을 뿐입니다만."

"가사리?"

가사리가 누구였지……. 기억을 더듬는 동안에도 혼돈의 목소리가 들렸다.

'그 녀석은 이전에 슈의 재료가 된 병졸 사도다. 그러고 보니 궁기 녀석 말했지. 자기도 아직 능력을 다 파악하지 못했다고. 어쩌면 놈이 파악하지 못한 걸 이 몸은 한 가지 알았는지도 모르겠군.'

혼돈, 그리고 주리가 하려는 말을 점점 알 것 같았다.

떠올랐다. 분명히 가사리는 하천부지에서 시즈마에게 당한 도마뱀형 사도다.

그때 우리 앞에 처음 출현한 합체 사도…… 정확하게는 슈 제2 시작품이었던 모양인데, 혼돈이 뽑은 슈의 팔에서 가사리는 '부활'했다.

그 전투를 궁기는 보았을까? 만약 보지 못했다면 그 녀석은 모를 수도 있다. 슈가 그런 사양이란 사실을.

"그러니까 슈에게서 분리한 영혼은 원래의 사도로 돌아간다는 건가?"

'정확하지는 않아. 어디까지나 가능성이 있다는 이야기다. 하지만 시험해볼 가치는 있겠지.'

눈앞이 환해진 느낌이었다.

이건 기대할 만한 희망이다. 병졸이었던 가사리도 부활했으니까 장군인 루니에가 못 할 리가 없다!

"유키미야, 들어줘!"

나는 곧장 유키미야에게 그 가능성을 설명했다. 마치 자신의 발안인 양.

"합체 괴물의 팔을 뽑으면 세바스찬이 부활한다고요……?"

"맞아, 유키미야! 아직 절망하기는 일러! 네 개별 에피소드는 배드엔딩이라고 결정 난 게 아니야!"

기운을 돋우듯이 유키미야의 어깨를 세차게 흔드는 나. 그러자 옆에서 주리가 한 손을 뺨에 대며 "다만" 하고 우려의 목소리를 냈다.

"문제는 루니에를 핀포인트로 뺄 수 있는가예요. 바론, 히가이아, 사이힐 세 장군과 14명의 부대장도 섞여 있으니까……. 단순히 생각하며 18분의 1 확률이 되죠."

그건 그렇지만 루니에가 나올 때까지 뽑는 수밖에 없겠지.

설령 꽝이라 해도 분리된 사도만큼 슈는 약해진다. 맞을 확률도 올라가니 해서 손해는 없는 도박이다.

"좋아 텟장! 내일부터 2번가 신사에 가서 날마다 제비를 뽑아! 뽑기운을 단련하는 거야!"

그렇게 명령을 내린 내 시선 끝에서 도철은 대 자로 벌렁 나자빠졌다.

"지쳤어……. 이제 오늘은 아무것도 할 마음이 없어……."

"뽑을 때가 아니야! 불규칙한 생활을 하니까 그런 꼴이 되는 거야! 너, 최근에 배 나왔어!"

"그, 그만하시라구요오. 저도 고민이란 말입니다."

배를 문지르면서 입술을 삐죽이는 【마신】에게 내가 이를 갈 때였다.

갑자기 주리가 휘청하고 비틀거리더니 그 자리에 쓰러졌다.

"주, 주리?"

그랬다. 주리는 아직 치료를 받지 않았다. 만신창이 상태다.

쓰러진 주리를 유키미야가 서둘러 간호했다. 킹코브라 사도를 무릎베개한 상태로 치유 이능력을 발동한다.

"심한 상처……. 이런 상태로 아까 저를 붙들었던 건가요."

"당신, 의외로 힘이 세서 힘들었어. 응, 그만큼 루니에를 되찾고 싶었던 건 이해하지만……. 하아, 왕거미 덕분에 못 죽었네……."

나는 짧게 주리가 유키미야를 지키려 한 것을 가르쳐주었다. 묵묵히 들은 유키미야는 등을 꼿꼿하게 펴고 순순히 감사의 말을 전했다.

"고맙습니다, 주리. 큰 빚을 졌습니다."

"그렇게 생각하면 내가 보건교사 자리에 앉아 있는 걸 슬슬 눈감아주지 그래."

"……알겠습니다. 당신을 믿기로 하겠습니다. 그리고, 그렇기에——지금은 세바스찬을 쫓지 않겠어요. 언젠가 반드시 구해낼 거라고 믿고."

"알지? 루니에는 아마도 오늘이라도…… 한번은 죽어."

"물론 가슴이 찢어집니다. 지금 당장에라도 쫓아가고 싶어요. 하지만 참겠어요. 궁기에게 직접 죽으면—— 세바스찬을 되찾을 수 없으니까요."

그렇다. 지금은 여기서 섣부른 짓을 해서 궁기에게 루니에를 처리하게 해서는 안 된다. 참으로 얄궂은 이야기지만 슈에게 흡수되는 것만이 그를 구할 유일한 길이다.

주리는 거기까지 생각하고 나와 유키미야를 말린 건가. 물론 '루니에가 죽는 순간을 유키미야에게 보이지 않는다'가 첫째 이유였겠지만.

'궁기를 속이다니 우리 장녀는 정말 보통내기가 아니다. 그냥 야하기만 한 누나가 아니었구나.'

야하기만 한 게 아니었던 장녀는 치유 덕분에 안색이 제법 좋아졌다.

"루니에는 인간계에서 몇백 년이나 싸워온 놈이니까 죽는 것도 처음은 아니겠지. 애초에 정말로 죽은 게 아니니까 너무 심각하게 생각하지 마."

"……네."

유키미야의 눈물이 주리의 얼굴에 한 방울 똑 떨어졌다.

힘들지 않을 리가 없다. 하지만 유키미야는 더는 평정심을 잃지 않았다. 강한 정신력 때문에 그녀는 '축명의 무녀'이며…… 톳코의 그릇인 거다.

"주리, 조금 전 말했지요. 저와 톳코를 지키는 역할을 이어받겠다고."

"글쎄다."

"세바스찬을 되찾기 위해…… 힘을 빌려주시겠어요?"

조용히 바라보는 유키미야를 올려다보면서 한동안 침묵하는 킹코브라 사도.

"그건 【백호】의 계승자가 아니라 오메이 고등학교 학생으로서 부탁이야?"

"네. 유키미야 시오리 개인의 부탁입니다. 류장 · 루니에가 아니라 집사 · 세바스찬을 구하는 겁니다."

그 말을 듣고 이내 주리가 고개를 끄덕였다. 원래 협력

할 마음이었던 주제에 솔직하지 못한 장녀다. 차녀의 츤데레가 전염되었나.

"그렇다면 힘을 빌려줄게. 환장·주리가 아니라 보건교사·헤비즈카 아이로서."

"헤비즈카, 아이?"

"참고로 I컵의 아이야. 이제 J컵이려나."

주리가 그렇게 말한 직후. 유키미야가 무릎을 움직였다.

콩! 둔탁한 소리와 함께 킹코브라 사도의 머리가 땅바닥에 떨어졌다. 주리가 어울리지 않게 "꾸엑" 하고 이상한 비명을 질렀다.

"아, 죄송합니다."

"너 일부러 떨어뜨렸지!"

"가만히 있지 않아서 그래요."

"가만히 있었어! 나는 환자라고? 다친 보건교사라고?"

"참으쇼, 주리짱."

"톳코 님 행세 그만해! 바뀌지 않았지!"

어렵게 사이좋아졌다 했더니만…… 역시 서로 안 맞는 두 사람이었다.

6

그 뒤. 나와 유키미야는 학교로 돌아가 곧바로 류가와 히로인들을 옥상으로 소집했다.

시각은 오후 3시가 넘었다. 곧 체육관 무대에서 밴드 연주가 있지만, 그녀들에게 폐공장에서 있었던 사건을 전하는 게 급선무다.

나와 유키미야의 보고에 아니나 다를까 류가와 히로인들은 경악했다.

설마 이런 식으로 사건의 전말을 스포일러하게 될 줄이야……. 나로서는 원통하기 그지없었다.

"시, 시오쨩 진짜야? 【마신】 도올이랑 벌써 사이가 좋아진 거야?!"

동그란 눈알을 더욱 휘둥그렇게 뜨고 쿠로가메가 평정심을 잃었다.

"게다가 세바스찬이 륙장·루니에라는 장군 사도였다고……?"

아오가사키가 믿기지 않는다는 듯이 경직되었다.

"게다가 문제의 괴물은 【마신】 궁기가 만든 합체 사도로 루니에도 먹이가 되어버렸다고요?!"

이 사태에는 엘미라 역시 충격을 받았다.

"그리고 그 궁기의 그릇은──텐료인 아기토였다……."

마지막으로 입술을 꼭 깨물며 류가가 신음하듯이 중얼거렸다.

……보고를 다 들은 일동은 한동안 말을 잃은 채 우두커니 서 있기만 했다.

아기토 건까지 얘기해야 할지 망설였지만 이제 숨길 수

가 없다. 유키미야가 알아버린 시점에서 이미 비밀도 뭣도 아니기 때문이다.

원래부터 아기토는 숨길 작정 따위 없었는지도 모른다. 그렇지 않다면 폐공장에 당당하게 나타나지 않았겠지.

"여러분께 죄송합니다. 톳코는 '절복'하고 나서 그녀 본인의 인사와 함께 밝히려고 했어요. 제 이야기만으로는 신빙성이 없다고 생각해서……."

고개를 깊이 숙이고 사과하는 유키미야에게 류가가 한 걸음 다가간다. 더없이 주인공다운 야무진 표정으로.

이어서 다른 히로인들도 '축명의 무녀'를 똑바로 바라보았다.

혹시 이런 중요 안건을 말하지 않아 화난 건가……. 나는 조마조마했다.

"그래서 시오리, 너는…… 괜찮아?"

그러나 류가가 걱정스럽게 유키미야의 얼굴을 들여다보았다.

둘러보니 다른 사람들도 하나같이 걱정스러운 표정을 지었다. 동료들은 알게 된 갖가지 문제보다 유키미야의 멘탈을 걱정했다.

"시오리에게 세바스찬이 얼마나 소중한 존재인지…… 우리도 잘 알아. 그런 그가 '나락의 사도'고 궁기의 손에 떨어졌다니……."

류가가 유키미야의 손을 가만히 잡고 꼭 쥐었다. 히로인들도 저마다 손을 뻗어 그 손 위에 포갰다.

"시오리, 이제 혼자서 끌어안을 필요 없어. 이번에야말로 우리를 믿어줘."

"시오리 씨는 너무 열심히 하는 게 탈이에요. 참지 말고 울어도 된답니다?"

"우흑, 에윽, 힘들었지 시오짱! 고생 많았지!"

눈물을 줄줄 흘리는 쿠로가메에게 뱀파이어가 "당신 말고요"라고 딴지를 걸었다.

"──흐응, 그런 일이 있었구나."

갑자기 위에서 소녀의 목소리가 들렸다. 정체를 확인할 것도 없다. 나도 잘 아는 삼 공주의 차녀 목소리였다.

"미온, 너……!"

추락 방지를 위해 옥상에 쳐 놓은 높이 3m쯤 되는 철망 펜스. 그 철책 모서리 위에 사이드테일에 교복을 입은 소녀가 앉아 있었다.

백로 사도를 올려다보면서 아오가사키가 목도 끝을 들이밀며 외친다.

"미온, 네놈 어디에 숨어 있었어! 우리 수색에서 벗어나 어디에서 뭘 했나!"

"초코바나나를 먹었어. 그리고 타코야키도 먹고 요요 낚기도 했어."

"네 이놈, 축제를 유유히 만끽했다니……!"

"네 쇼도 봤어. 청룡가면."

저도 모르게 "앗!" 하고 당황하는 '참무의 검사'. 울프가 면 사건이 트라우마가 되었나.

"음, 지금은 그런 건 아무래도 좋아. 그렇지, 주작가면?"

"누가 주작가면이에요!"

엘미라의 항의를 무시하고 백로 소녀가 철책에서 몸을 훌쩍 날려 우리 앞에 내려왔다. 유감이지만 한 손으로 치마를 눌러서 팬티는 보이지 않았다.

"아무튼 톳코 님의 의향을 알아서 다행이야. 우리가 땀흘린 보람도 있네."

"결국 삼 공주는 적으로 돌아선 게 아니었던 거로군."

"글쎄, 그건 어떨까. 너무 믿으면 호되게 당할 거야."

류가의 말에 딴청을 부리는 미온. 이럴 때도 츤데레를 잊지 않았다니 역시 원조는 다르다.

"적으로 돌아설 생각은 없지만 그렇다고 너희 동료인 것도 아니야. '궁기 님을 쓰러뜨린다'는 목적만은 일치했지만."

"그렇다면 우리는 협력 가능한 거군. 잘 부탁한다, 미온."

류가가 상큼하게 미소 지으며 미온의 어깨를 툭 두드린다.

그러자 백로 처녀가 어째서인지 볼을 붉혔다. 이번에는 반대쪽으로 고개를 돌리며 고집스럽게 남장 주인공과 시선을 맞추려 하지 않았다.

"치, 친한 척하지 말아줘. 동료가 아니라고 말했지."

"미온의 그런 솔직하지 않은 부분이 나는 매력적이라고 생각해."

"뭐, 뭐어?! 바, 바보 아니야?! 사도에게 무슨 소리 하는 거야!"

"그리고 보니 텟짱에게 들었는데 미온은 요리를 잘한다 며? 언제 나도 먹게 해줘."

"뭐, 뭐어…… 정 먹고 싶다면 상관은 없지만……."

쉽다. 너무 쉽다, 남장·미온.

아니, 지금은 류가의 주인공력을 칭찬해야 하나. 적도 아군도 매료시키는…… 그것이 우리의 히노모리 류가다.

"나, 나보다 지금은 유키미야를 걱정해. 너희 곧 무대 지? 이런 상태로 유키미야가 노래할 수 있겠어?"

그랬다. 아직 축제의 마무리인 '메인 캐릭터의 밴드 연주'가 남아 있었다.

확실히 지금의 유키미야는 하드락을 열창할 정신 상태 가 아닐 것이다. 하루 남았을 때 휴전 협정을 깬 건 아무리 생각해도 뼈아프다.

"아뇨, 괜찮습니다. 저, 노래할게요."

그러나 유키미야는 애써 미소를 지으며 의연하게 말했다.

"이전에 세바스찬이 그랬어요. '전투뿐만 아니라 학교생 활도 충분히 즐겨주십시오'라고……. 그러니까 저는 무대 에 서겠습니다."

허세란 건 일목요연했다. 그걸 아니까 류가는 고개를 끄 덕이지 못했다. 백로 소녀도 난처한 얼굴을 했다.

"세바스찬은 언제나 저를 첫째로 생각해주었습니다. 톳

코를 위해서라면 저를 이용하고 없애는 것도 서슴지 않겠다…… 그런 말을 한 까닭도 아마 저에게 미움받기 위해서겠죠. 자신이 없어져도 제가 슬퍼하지 않도록."

그리고 언젠가 적으로 우리에게 패배할 작정이었는지도 모른다. 루니에는 루니에 나름대로 '자신의 캐릭터'를 연기할 생각이었을 수도 있다.

"그러니까 저는 노래하겠습니다. 학교생활을 열심히 하는 제 목소리가 세바스찬에게 닿도록."

"……알았어, 시오리."

그 결의를 듣고 류가가 고개를 끄덕였다. 아오가사키, 엘미라, 쿠로가메도 마찬가지로 승낙했다.

"감사합니다. 하지만 솔직히 완벽한 컨디션으로 노래할 자신은 없어요……. 가능하다면 누군가 서포트해주셨으면 해요."

유키미야는 그렇게 말하고 시선을 흘끔 돌렸다. 오늘까지 노래 지도를 해준 살뜰한 백로 스승에게.

"뭐, 뭐야 유키미야. 너 설마……."

"트윈 보컬 어떨까요."

미온의 "뭐어?!"라는 가성이 옥상에 울려 퍼졌다.

나무랄 데 없는 미성이었다.

그리고 드디어 출연 시간이 되어 메인 캐릭터들의 라이브가 시작되었다. 백로 소녀를 급거 멤버로 추가한 상태로.

"안녕하세요 여러분! '화이토라 이그리트'입니다!"

류가의 인사를 시작으로 곧바로 아오가사키의 기타를 켠다. 이어서 쿠로가메의 드럼, 엘미라의 키보드가 차례로 더해져 질주감 있는 사운드가 되어 체육관에 울려퍼졌다.

……어느새 '화이토라 이그리트'라는 밴드명이 생긴 걸까.

참고로 이그리트는 백로라는 뜻이다. 트윈보컬인【백호】와 백로를 전면에 내건 일부 관계자밖에 이해할 수 없는 이름이었다.

"시작한다! 잘 따라와!"

"유, 유키미야 시오리, 부르겠습니다!"

파트를 나누어 교차로 열창하는 미온과 유키미야. 뜻밖에 의욕 넘치는 백로 소녀에게 지지 않으려는 듯 '축명의 무녀'도 샤우팅을 선보였다. 어디까지나 기품 있게.

아마추어 같지 않은 퀄리티에 처음에는 어안이 벙벙했던 관객들도 단숨에 와앗 하고 끓어올랐다.

"야, 야, 굉장하지 않아?!"

"게다가 멤버가 장난 아니야! 다 학교 유명인이야!"

"저기 머리 옆으로 묶은 애는 누구지?! 엄청 귀엽다!"

체육관 안이 순식간에 열기에 휩싸였다. 객석 여기저기서 주먹을 쳐올리고 환호성의 노도가 넘실거린다. 연주 개시부터 겨우 몇 초 만에 '화이토라 이그리트'는 모두의 마음을 사로잡았다.

"우오오오오! 미오오오오오—온!"

맨 앞줄에서 사사키가 외쳤다. 나는 미온에게 조금 질투했다.

"최고다 레이! 또 한 번 반했다!"

그 옆에서는 야마나시 아사오도 흥분했다. 역시 그는 아오가사키 원픽인가.

"쿠로가메! 화이팅!"

그리고 그 옆에서는 미야모토가 외쳤다. 그녀는 2학년 E반으로 쿠로가메와 같은 반이다.

"하나둘, 엘미라아아아아—아!"

그런 성원을 날린 사람은 우리 반 사토와 오구라. 그러고 보니 그들은 엘미라 사설 팬클럽 회원이었다.

"멋지고 귀엽다 류가땅! 이쪽 봐줘어—! 윙크해줘어—!"

역시 맨 앞줄에서 응원복을 입고 머리띠를 두른 차림의 도철이 필사로 펜라이트를 흔들었다. 폐공장에서는 뻗었던 주제에 완전히 쌩쌩해졌다.

"역시 미온임니다! 이계에서 한 콘서트가 생각남니다!"

"늘 쟤가 제일 의욕이 넘쳤지."

도철 옆에서 키키와 주리도 펜라이트를 흔들었다. 유키미야의 치유를 받고 헤비즈카 선생님은 이미 완벽하게 회복했다.

공연자와 관객이 하나가 된 멋진 무대다.

하지만 애석하게도…… 거기에 친구 캐릭터가 참가하지

못했다. 이 라이브를 가장 기대하던 바로 내가.

'모처럼 구호까지 생각했는데……. 동작까지 연습했는데……. 하지만 어쩔 수 없지. 이 녀석을 막는 건 내 의무니까.'

무대 위에서 약동하는 류가와 히로인들을 무대 옆에서 지켜보았다.

나는 현재 한 남학생과 대치했다. 조금 전 폐공장에서 초차원 배틀을 펼친 순백 교복의 남자.

"코바야시. 루니에는 포기한 건가. 현명한 선택이다."

나를 응시하며 무기적으로 말하는 아기토. 역시 느는 류가가 무대 출연한다는 걸 직전까지 몰랐던 모양이다.

"아기토. 설마 학교로 돌아올 줄이야. 미안하지만 네 정체는 이미 류가도 안다."

끝없이 기세가 오르는 체육관을 무시하고 나와 아기토는 안광을 맞부딪쳤다.

긴장된 상황에도 불구하고 내 몸은 무의식중에 음악을 타고 있었다. 잘 보니 아기토의 몸도 음악을 타고 있었다.

"별로 상관없다. 히노모리의 메일주소를 얻고 데이트를 하고 메이드 차림으로 접객을 받은 것으로 이미 나의 목적은 달성했다. 슬슬 때가 되었다는 얘기지."

"때가 되었다고?"

"그렇다. 나는 오늘부로—— 오메이 고등학교를 떠난다."

아닌 밤중에 홍두깨 같은 통고에 나는 어리둥절했다. 학교를 떠난다? 또 전학할 셈인가?

"너의 도철과 달리 궁기는 그릇과 별개 행동을 할 수 없다. 요컨대 내가 학교에 있으면 궁기도 그곳에 있다는 뜻이지."

즉, 우리에게 동향이 전부 들킨다는 뜻이다. 그런 불이익을 방지하기 위해 다시 전학하는 건가. 그렇다면 처음부터 오지 마.

"하지만 기억해둬라, 코바야시. 히노모리 류가는—— 반드시 내가 갖겠다."

"…………."

"다음번 슈는 더욱 강할 거다. 아마도 슈의 먹이는 루니에만이 아닐 테니까."

치타 사도까지 잡을 생각인가.

그러고 보니 시마는 어디로 갔을까. 궁기에게 잡히기 전에 우리가 먼저 신병을 확보해야 한다.

"코바야시. 더는 너와 할 이야기는 없다……. 비켜라."

"비킬 거라고 생각해? 네놈의 꿍꿍이는 다 알아."

딱히 나는 여기에서 떠나려는 아기토를 만류하려는 게 아니다. 아니, 오히려 떠났으면 좋겠다.

이 녀석의 앞길을 막는 이유는 무대로 올라가려 하기 때문이다. 자기 베이스기타를 멘 채로.

"다시 한번 말한다. 비켜라, 코바야시. 곡이 끝나버린다."

"즉석 참가 따위, 하게 놔둘 리 없잖아!"

그렇다. 아기토는 조금 전부터 무대에 난입할 기회를 엿보고 있다.

적 캐릭터 주제에 뻔뻔하게 주인공 밴드와 콜라보를 계획하고 있다.

"애초에 너는 아포스톨루 밖에서는 연주하지 않는 거 아니었냐!"

"히노모리라면 이야기는 다르다. 그녀와 연주하는 트윈베이스……. 그것은 나에게 더할 나위 없는 체험이 되겠지. 더는 세션이 아니라 섹스션이라 불러야 한다."

"이 마당에 아직도 멍청한 소리를 할 생각이야! 네 정체는 이미 들켰다고 했잖아!"

"문제없다. 공사는 구별하는 편이다."

"그런 TPO가 통용할 것 같냐!"

우리가 그런 말다툼을 할 때.

곡이 간주 파트로 들어간 직후에 무대에서 이변이 일어났다.

"시, 시오리?"

류가와 히로인들은 연주를 계속하면서도 명백히 동요를 드러냈다. 하나같이 넋이 나가서 트윈 보컬 중 한쪽을 빤히 보았다.

원인은──유키미야가 민속춤을 추기 시작했기 때문이다.

곡과 전혀 어울리지 않는 얼씨구절씨구 솔로 댄스를. 구호도 "예이!"나 "컴온!"이 아니라 "얼쑤, 절쑤"였다.

"루니에! 들리오! 이것이 내가 보내는 레퀴엠입메!"

당연히 톳코였다. 아기토를 말리는 사이에 그녀가 즉석

참가를 하고 말았다.

그게 무슨 레퀴엠이냐! 이러면 루니에가 성불하지 못한다고!

"토, 톳코 님! 자중하십시오!"

곧바로 상황을 파악한 미온이 서둘러 말리려 했다.

그러나 톳코는 계속 춤췄다. 일심불란하게. 희생된 심복을 애도하듯이.

"주리, 키키, 도와줘! 톳코 님을 말려줘!"

혼자서는 무리라고 판단했겠지. 백로 차녀가 무대 맨 앞열에 있는 킹코브라 장녀와 에조늑대 막내에게 도움을 요청한다.

하지만 실수였다.

"오케이! 벗으면 되지?!"

"아니야!"

"스펙터클맨 주제가를 부르게쯤니다!"

"그만둬!"

무대로 올라간 주리와 키키 또한 멋대로 퍼포먼스를 시작했다. 애써 준비한 메인 캐릭터의 라이브가 더욱 혼돈에 빠졌다.

"오, 헤비즈카 선생님이다! 벗기 시작했어!"

"저 꼬마 울프가면이잖아!"

"아! 또 한 사람 올라왔다! 쟤 코바야시 아냐?!"

결국 도철까지 무대로 기어올라가 류가와 등을 마주하

고 에어기타를 쳤다. 안 돼, 이러면 이제 말리러 들어갈 수 없어. 코바야시가 두 사람이 되어버리잖아.

"큭, 선수를 빼앗겼나……. 이러고 있을 수는 없다."

무대로 가려는 아기토를 꽉 붙들면서 류가를 흘끔 살피니…… 그녀는 정신을 차리고 담담히 베이스를 쳤다.

지적보다 연주를 우선한 모양이다. 훌륭한 장인 기질이다. 그래도 괜찮은가 주인공.

……이렇게 라이브는 거의 모든 등장 인물이 참여한 뒤 죽박죽 대소동이 되었다.

나는 어떻게든 아기토의 참가를 저지하는 것만은 성공했다.

축제 이벤트는 이것으로 모든 프로그램이 종료했다.

에필로그

이계.

'나락의 사도'의 본거지. 인간계와는 시공을 달리하는 세계.

그곳은 태양이 없는 영원한 암흑의 나라다. 별 하나 없는 검은 하늘에는 거대한 보름달만이 있을 뿐이며, 황량한 대지를 밀림 같은 숲과 험준하게 줄지은 바위산의 봉우리를 그저 휘황하게 비추고 있었다.

……그런 달빛이 비치는 가운데에 큰 도시 하나가 있었다.

중세 유럽 거리와 비슷한 석조 건물이 늘어선 고풍스러운 경관이다. 중앙의 높직한 구릉에 우뚝 솟은 거대한 성을 중심으로 거미줄 모양으로 펼쳐진 도시다.

"……이계에는 밤낮이 없으니까 아무래도 감각이 이상해지는구나."

거대한 성 정면 입구.

시즈마는 달을 올려다보면서 불쑥 중얼거렸다.

피처럼 붉은 광채를 발하는 보름달은 지금이 일단 '낮'임을 의미했다. 해가 뜨지 않는 이계에서는 낮도 밤도 없으므로 달의 차고 이지러짐으로 그렇게 나눠 부른다.

"저 달님은 태양도 없는데 어떻게 형태가 바뀔까? 애초에 저건 인간계에 있는 달과는 다른 거겠지만……."

이윽고 달구경에 질린 시즈마는 성 입구로 시선을 옮겼다.

그곳에는 네 개의 석상이 있고 대문 좌우에 각각 둘씩 나뉘어 서 있었다.

누가 만들었는지는 모르지만 언제 봐도 훌륭한 솜씨다. 이 성을 아지트로 삼은 이후로 조각을 바라보는 게 시즈마의 일과였다.

──이마에 뿔 하나가 난 기골이 장대한 대장부.

──박쥐 같은 날개를 지닌 수려한 얼굴의 청년.

──긴 머리로 얼굴을 가린 키가 크고 마른 미녀.

──그리고 여우 가면을 쓴 반인반수의 이형.

바로 사흉상이었다.

'나락의 사도'가 왕으로 숭배하는 【마신】 네 명의 오브제였다.

그중에서도 시즈마가 마음에 든 건 역시 도철 아저씨 상이다. 물론 혼돈 님도 존경하지만 태어났을 때부터 곁에 있었던 만큼, 잘 놀아준 만큼 도철 아저씨에게는 강한 애착이 있다.

'생각하면 나는 꽤 실례되는 일을 했구나……. 【마신】님께 기저귀를 갈게 하다니 불손한 것도 정도가 있지.'

자신의 행패를 깊이 반성했을 때였다.

"──여어 시즈마. 많이 컸구나."

갑작스럽게 뒤에서 목소리가 들려 시즈마는 지면을 박차고 거리를 두었다.

돌아본 곳에는 석상과 똑같은 모습을 한 이형이 있었다.

꼬리 아홉 개가 달린 순백의 털—— 여우 가면의 【마신】이었다.

"다, 당신은 궁기 님……!"

숨을 삼킨 시즈마를 보고 궁기가 키득키득 웃는다. 마치 어린아이 같다.

"놀랄 일은 아니지? 【마신】이 이계로 전이할 수 있는 건 너도 알잖아?"

물론 안다. 자신은 정기적으로 도철 아저씨나 혼돈 님과 만난다. 다음 약속은 이틀 후에 만날 예정이다.

"그건 그렇고 역시 아기토가 말한 대로였네. 설마 네가 이계에 몸을 숨기고 있었다니……. 깜빡 속았어."

궁기가 말하면서 한 걸음, 두 걸음 다가왔다.

"이렇게 만난 건 행운이야. 유감스럽게도 시마를 놓쳐 버렸거든……. 하지만 네 영혼을 얻을 수 있다면 남는 장사지."

궁기가 무슨 말을 하는지 시즈마로서는 분명치 않았다. 하지만 이미 전투는 피할 수 없는 듯하다. 상대가 뿜어내는 엄청난 사기로도 명백했다.

어쩌지? 가이고, 야구자, 제르바를 불러야 하나? 아니, 부대장급인 그들은 맞설 수 없겠지. 소중한 동료들을 빤히 위험에 처하게 할 수는 없어.

"시즈마. 너도 사도니까 【마신】의 명령을 듣겠지? 자, 함께 갈까. 슈가 기다려."

"……외람된 말씀이지만 제가 섬기는 분은 도철 아저씨와 혼돈 님입니다. 궁기 님의 명령에는 따를 수 없습니다."

"아하하. 텟짱은 아저씨가 된 거야?"

"또한 저는 아직 어린아이이므로 따르게 하고 싶으시다면 보호자의 허가를 받아주십시오. 즉 코바야시 이치로, 엘미라 매카트니, 폭장·키키…… 세 사람의 허가가 필요합니다."

"너, 어린애 주제에 따지기 좋아하는구나. 완력으로 따르게 하는 방법도 있는걸?"

"【마신】님이 이계로 전이할 수 있는 시간은 약 10분. 그동안에 저를 쓰러뜨릴 수 있습니까?"

"못할 것 같아? ──기어오르지 마, 레이다의 아들."

그 대화를 끝으로 두 사람은 동시에 지면을 박찼다.

검은 하늘에 뜬 붉은 보름달만이 결투를 지켜보았다.

YUJIN CHARA WA TAIHEN DESUKA? Vol.6
by Yasushi DATE
©2016 Yasushi DATE Illustrated by BENIO
All rights reserved.
Original Japanese edition published by SHOGAKUKAN.
Korean translation rights in Korea arranged with SHOGAKUKAN
through Shinwon Agency Co.

친구 캐릭터는 어렵습니까? 6

2019년 7월 1일 1판 1쇄 인쇄
2019년 7월 15일 1판 1쇄 발행

저   자 다테 야스시
일 러 스 트 베니오
옮 긴 이 박시우
발 행 인 유재옥
본 부 장 조병권
담당편집자 조찬희
편 집 1 팀 김민지 이성호 정영길 조찬희
편 집 2 팀 김다솜 지미현
편 집 3 팀 김효연 박상섭 임미나
라이츠담당 박선희, 오유진
디 지 털 최민성, 박지혜
발 행 처 ㈜소미미디어
인쇄제작처 코리아피엔피
등   록 제2015-000008호
주   소 서울시 마포구 토정로222, 403호 (신수동, 한국출판콘텐츠센터)
판   매 ㈜소미미디어
마 케 팅 한민지 한주원
전   화 편집부 (070)4164-3962, 3963 기획실 (02)567-3388
              판매 및 마케팅 (070)4165-6888, Fax (02)322-7665

ISBN 979-11-6389-715-6 04830
ISBN 979-11-6190-091-9 (세트)